莎士比亞悲劇

生存或毀滅，感受人類共同的難題

A Very Short Introduction

Shakespeare's Tragedies

STANLEY WELLS

史丹利·威爾斯
著

林曉欽
譯

目錄

前言

什麼是悲劇？

人們喜歡標籤，因此當我們在思考戲劇時，很自然地就會根據戲劇的主題和處理方式，將戲劇分為不同的類型。最常見的戲劇類型是「悲劇」和「喜劇」，這兩個詞彙指涉了戲劇的整體調性和內容；或許還可以分別將其細分為家庭悲劇、英雄悲劇，以及愛情悲劇，或者是浪漫喜劇、荒謬喜劇（farcical comedies）和感傷喜劇（sentimental comedies）等。簡單來說，所謂的喜劇是指想要讓我們開懷大笑的戲劇，有著大致的幸福結局——通常是結為連理，而提到悲劇時是指結局不快樂的戲劇，通常是一位或一位以上的主要角色死亡。

在莎士比亞三十七部左右的劇作中，大約有一半屬於悲劇，其標準則是依照「悲劇」最基礎的意義，也就是劇情走向主要角色死亡的戲劇。莎士比亞終其一生都在創作悲劇，並把悲劇的成分散布在其他類型的戲劇作品中，特別是喜劇。

毫無疑問的，莎士比亞有意讓自己的創作類型更多元，其中一部分原因（至少是在他以自由接案者身分開始工作數年之後如此）是他在一五九四年成為劇團的專任劇作家，該劇團是「宮務大臣劇團」（Lord Chamberlain's），後來稱為

圖 1：理查．韋斯托（Richard Westall，1765-1836 年）繪製，《在喜劇繆斯與悲劇繆斯之間的莎士比亞》（*Shakespeare between the Two Muses of Comedy and Tragedy*，油畫，1825 年）。（圖片出處與使用授權：Reproduced by permission of The Shakespeare Birthplace Trust）

「國王的劇團」（King's Men）。劇團自然會希望莎士比亞能夠為了觀眾提供多元的戲劇，因為有看戲習慣的觀眾通常願意花錢再度光顧同一個劇團。不過，還有另一個原因是莎士比亞必須回應內部與外部的壓力，想要更為深入地探索關於生命和死亡的戲劇形式。例如，哈姆雷特的自我質疑與省思遠遠勝過於羅密歐；與理查三世相比，馬克白（Macbeth）的自毀，被描述得更內在自省；而李爾墜入瘋狂的描繪，其心理層面上的可信度也高過於泰特斯·安特洛尼特斯（Titus Andronicus）。

我將在本書中，對於經常被歸類為悲劇的每部劇作分別撰寫一章，順序則依照莎士比亞的創作時間，但不納入在《對開本》（*the Folio*）*中被分類為歷史劇的作品，那些作品將會是另外一本書籍的主題。我希望可以符合這套叢書的目標，提供真正的導論功能——也就是說，無論讀者是否聽過莎士比亞特定或全部的戲劇作品，我都會假設讀者沒有接觸過莎士比亞的舞臺劇或書籍的經驗，同時我也會告訴讀者為什麼這些劇作值得我們認識。我將探究每部悲劇的劇情、結構、起源、文學性和戲劇風格、在莎士比亞個人發展中的地位、衝擊影響，以及數個世紀以來向表演者提供的契機和挑戰。

一六二三年莎士比亞的第一本戲劇全集《第一對開本》的編輯，不只是用單純的喜劇和悲劇作為分類，而是採用喜劇、歷史劇和悲劇三種分類方式。在「歷史劇」的類型中，他們納入了以英格蘭歷史作為故事基礎的戲劇；至於以希臘、羅馬、蘇格蘭，以及古代英國歷史作為基礎的戲劇，且相關劇作的結局都是一位以上的主要人物死亡，則是被編撰者稱為悲劇。

不過，他們也發現特定的劇作難以分類。雖然現代通常視為喜劇的《辛百林》（*Cymbeline*：一種非常特別的喜劇類型）確實有著歷史元素，但編撰者將其列為悲劇；而他們將《特洛伊羅斯與克瑞西達》（*Troilus and Cressida*）視為

---

* 譯注：《對開本》（*the Folio*），又稱《第一對開本》（*the First Folio*）是現代學者對於莎士比亞第一本劇本集的命名，該著作的原名是《威廉．莎士比亞先生的喜劇、歷史劇與悲劇》（*Mr. William Shakespeare's Comedies, Histories & Tragedies*）。

介於歷史劇和悲劇之間的「問題喜劇」（problem comedy），本系列叢書的另外一位作家巴特・馮艾斯（Bart van Es），在他探究莎士比亞喜劇的著作中則是將《特洛伊羅斯與克瑞西達》列入喜劇。

《第一對開本》對於莎士比亞戲劇的整體分類是不符合邏輯的，因為其中兩種類型——悲劇和喜劇是意指「戲劇的形式」，但另外一個分類歷史劇則是根據「戲劇的內容」。一五九八年時，第一本莎士比亞劇作清單的出版著作則更符合邏輯，只區分兩種類型：喜劇和悲劇。這本書是《帕拉蒂絲的瑰寶》（*Palladis Tamia*）——書名的意思是《繆斯女神的瑰寶》（*The Treasury of the Muses*），作者為英國牧師兼作家法蘭西斯・梅爾斯（Francis Meres），他寫道：

> 普勞圖斯（Plautus）和塞內卡（Seneca）被視為最優秀的拉丁文喜劇和悲劇作家，而莎士比亞則是最優秀的喜劇和悲劇的英文舞臺劇作家。關於喜劇，有《維洛納紳士》（*Gentlemen in Verona*）、《錯中錯》（*Error*）、《愛的徒勞》（*Love Labour's Lost*）、《愛的勝利》（*Love*

Labour's Won）、《仲夏夜之夢》（*Midsummer Night's Dream*），以及《威尼斯的商人》（*Merchant of Venice*）可以證明；關於悲劇，則有《理查二世》（*Richard the 2*）、《理查三世》（*Richard the 3*）、《亨利四世》（*Henry the 4*）、《約翰王》（*King John*）、《泰特斯·安特洛尼特斯》，以及《羅密歐與茱麗葉》可以證明他的實力*。

然而，這段文字中藏著一個謎題：沒有一部既存的莎士比亞劇作名稱是《愛的勝利》；《愛的勝利》可能已經佚失，或者它迄今以另外一個名稱倖存於其他作品中。但此事只是順帶一提，與莎士比亞悲劇討論相關的，是梅爾斯在悲劇類型中列出了與英格蘭和羅馬歷史事件有關的劇作（加上與歷史無關的《羅密歐與茱麗葉》），而《對開本》將相關劇作列為獨立的歷史劇類型。換言之，梅爾斯按照源自古典戲劇的形式進行分類，而《對開本》則是將歷史事件的特定戲劇獨立分類，無論其講述故事的主要基調是屬於悲劇或喜劇。

---

* 譯注：此處的莎士比亞作品英文名稱採用梅爾斯在原文中的寫作方式，而非後來常見的英文撰寫方式。

依我個人所見，《對開本》這種「其中一些戲劇依照形式分類，另外一些戲劇則是依照主題」的分類方式，很遺憾地已經對於莎士比亞的戲劇討論造成不可挽回的影響。

歷史事件可以在戲劇上用多元的方式呈現；謹以莎士比亞為例，他將理查二世和理查三世政權的歷史事件，塑造為與悲劇最為有關的故事形式，劇情的高潮是其中一位主要人物之死，但他用三部作品，創造亨利四世和亨利五世政權歷史的戲劇，劇情雖有亨利四世之死，但不是一個高潮事件，而是納入許多複雜的喜劇片段，包括莎士比亞筆下最著名的喜劇人物——約翰・法斯塔夫爵士（Sir John Falstaff）。另外，其劇情高潮也不符合我們對於悲劇的期待，不是亨利五世之死，而是符合喜劇的走向——亨利五世成功取得法蘭西公主的青睞，有望讓他們兩人的王國統一。

不過更值得注意的是，莎士比亞大多數的喜劇都有在本質上可以被視為悲劇的元素，例如：《維洛納二紳士》（*The Two Gentlemen of Verona*）的女主角幾乎就要遭到侵犯；《錯中錯》（*The Comedy of Error*）的伊勤（Egeon）、《威尼斯的商人》的安東尼歐、《一報還一報》（*Measure for Measure*）的克勞迪奧（Claudio）以及《暴風雨》（*The Tempest*）的普羅士帕羅（Prospero）都是命懸一線；還有《無事生非》（*Much Abo About Nothing*）的希洛（Hero）、《冬天的故事》（*The Winter's Tale*）的赫米溫妮（Hermione）以及《辛白林》的伊摩琴（Innogen/Imogen）假死，而以上只是若干例子。在莎士比亞創作生涯的晚期階段，悲喜劇（tragi-comedy）這種類型或子類型開始獲得了發展，莎士比亞本人也採用了其中的一些創作手法。

正如莎士比亞的喜劇往往趨近於悲劇，他的悲劇也經常對劇情提供了一種詼諧風趣的諷刺觀點，例如《泰特斯·安特洛尼特斯》中的摩爾人亞倫（Aaron the Moor）以及《李爾王》中的愚人，還有與喜劇相連的其他元素，像是在《凱撒大帝》（*Julius Caesar*）和《科利奧蘭利斯》（*Coriolanus*）都有的「對公民的諷刺」；《馬克白》的門房（Porter），還有《奧賽羅》（*Othello*）與《安東尼與克麗奧佩托拉》（*Antony and Cleopatra*）的小丑；至於《哈姆雷特》則是從頭到尾都貫徹著喜劇的元素。這個情況顯示了莎士比亞在撰寫戲劇時，更希望找到提供多元戲劇效果可能性的故事，而不是完全契合傳統戲劇類型的內容。

關於莎士比亞的戲劇分類，沒有一個人可以比英國知名文人山繆・詹森（Samuel Johnson）更有說服力，他在其一七六五年編撰的莎士比亞著作中寫道：

> 莎士比亞的著作從嚴格緊密的角度來說，不屬於悲劇，也不屬於喜劇，而是一種獨特的創作，其展現人間塵世的真實狀態，分受了善與惡，喜與悲，揉合了無盡的平衡變化以及無數的構成模式，並且表達了世間的運行，在此世之中，失之一就是得之一；同時，在此世之中，尋歡作樂的人奔向美酒，悲悽哀悼者埋葬朋友；在此世之中，一個人的惡意有時候會被另外一個人的歡樂嬉鬧所打敗；眾多的惡行和眾多的善行，都在不經意的情況之下完成或受到阻止。

然而，有沒有可能找到一個更精準的定義，將「悲劇」與「結局不幸的戲劇」分開來看？「悲劇」作為一種戲劇形式，其起源於古希臘作家的手筆，例如：索福克里斯（Sophocles）、尤里比底斯（Euripides）和埃斯庫羅斯（Aeschylus），他們的作品在亞里斯多德（Aristotle，西元前三八五至西元前三二二年）的《詩學》（*The Poetics*）中獲得了極為著名的定義，且對後世思想有著深刻的影響。

亞里斯多德認為，所有的戲劇都應該遵守時間、空間，以及行動的一致性（the unities of time, place, and action），所以悲劇應該描述「英雄人物的隕落，環境造成的結果導致其命運的翻覆，使其身亡」。悲劇應該可以在觀看者身上產生情感宣洩的效果，或者淨化其憐憫和恐懼（雖然沒有證據指出莎士比亞曾經閱讀亞里斯多德的著作，但在《李爾王》的故事中，亞伯尼〔Albany〕要求將戈娜若〔Goneril〕和蕾根〔Regan〕的屍體帶到他面前時說：「這是天堂的正義，讓我們害怕顫抖，／不是憐憫我們」〔*King Lear*, 5.3. 226-7〕，或許正是訴諸了亞里斯多德針對悲劇所提出的情感宣洩概念）。

在莎士比亞的年代，悲劇（tragedy）這個字在戲劇之外有非常廣義的應用範圍，可以用在造成災難性結果的事件承受者，也能夠用於相關事件的敘事——無論該敘事是否屬於戲劇。毫無疑問，莎士比亞當然知道悲劇是一種戲劇形式。我們無法確認莎士比亞是否曾經閱讀任何一部古典時代的偉大悲劇原典，但他必定受到古羅馬劇作家塞內卡（西元前四年至西元六十五年）的羅馬時代悲劇影響，而塞內卡本人則是受到古典時代的悲劇啟發。

塞內卡的作品由英國耶穌會牧師賈斯培．海伍德（Jasper Heywood）和其他人共同翻譯為英文，於一五八一年出版，而這個時間點是倫敦第一個重要劇場「劇場」（The Theatre）竣工的五年之後。塞內卡的劇作嚴肅，煽情轟動，目標是被反覆地引述或閱讀而不是實際演出；其修辭華麗，有道德情操，而且誇張，還會仔細闡述惡劣的行為，並且在故事中經常出現幽靈和女巫。塞內卡的劇作藉由印刷紙本（而不是實際的公演），對於伊莉莎白時代的第一波偉大劇作家浪潮產生了深刻的影響，例如：湯馬斯・基德（Thomas Kyd）、克里斯多福・馬羅（Christopher Marlowe）、喬治・皮爾（George Peele）和羅伯・格林（Robert Greene），而他們也藉由自己的作品，對於稍後出現的當代後繼者莎士比亞產生了若干的部分影響。

無論是哪一個創作時期，在莎士比亞的作品中只有提到兩位劇作家的名字，其中一位就是塞內卡，另外一位則是喜劇劇作家普勞圖斯（西元前二五四年至西元前一八四年），而普勞圖斯的劇作和其後繼者泰倫斯（Terence；全名為泰倫提烏斯〔Terentius〕）的作品，在莎士比亞的時代都是文法學校的教材，甚至會進行實際的演出。在《哈姆雷特》中，波隆尼厄斯（Polonius）將塞內卡和普勞圖斯描述為極端的悲劇和喜劇典範——「塞內卡的作品不會過於沉重，而普勞圖斯的作品也不會過於輕盈」（*Hamlet*, 2.2. 401-2）*。有趣的是，在莎士比亞撰

* 譯注：波隆尼厄斯在《哈姆雷特》的這個場景中描述了一群來訪的演員非常有才華，有能力詮釋塞內卡的沉重悲劇，也能夠演繹普勞圖斯的輕盈喜劇。

寫《哈姆雷特》的二、三年之前，文學編年史學家法蘭西斯・梅爾斯就是用塞內卡和普勞圖斯，與莎士比亞本人相提並論（正如稍早曾經提到的）。

莎士比亞的若干作品確實反應了他對於古典戲劇的知識。莎士比亞最為承襲古典戲劇的作品名稱就使用了起源於羅馬的「喜劇」（comedy）一詞：《錯中錯》（*The Comedy of Error*）*改編自普勞圖斯的《孿生兄弟》（*Menaechmi*；又稱《梅內克繆斯孿生兄弟》〔*The Menaechmus Twins*〕），並且多多少少遵守了所謂的地點、時間，以及行動的古典一致性原則，亦即：劇情只有單一的情節，情節發生在單一的地點，且發生在一天之內（莎士比亞另外一部很接近遵守古典一致性原則的作品是《暴風雨》）。然而，即使是在《錯中錯》，莎士比亞依然藉由增加了一個源自於中世紀浪漫劇的情節讓故事變得更為複雜；另外，他在創作生涯的晚期，再度將這個中世紀浪漫劇的情節用在他最不符合古典戲劇架構的作品《佩利克爾斯》（*Pericles*）中。

莎士比亞在自己的作品中數次使用「悲劇」和「喜劇」等詞，但他永遠採用一種非常籠統的意義——正如學者亞歷山大・史密特（Alexander Schmidt）所編撰的經典《莎士比亞辭典》（*Shakespeare Lexicon*）中所說，悲劇是「作為嚴肅行動或哀悼和可怕事件的戲劇表述」。事實上，莎士比亞首次「對於嚴肅行動的表述」可能是在非戲劇的創作形式中，也就是敘事長詩《魯克麗斯受辱記》。這首詩出版於一五九四年，作為一五九三年風趣喜劇十四行詩（雖然內容最後依然是屬於哀歌〔elegiac〕）《維納斯與阿多尼斯》的伴詩，這兩首詩都講述了承襲古典時代的故事，奠基於古羅馬詩人奧維德（Ovid）的作品——奧維德是莎士比亞最喜歡的作家之一，他在創作生涯中經常提到並且引述奧維德。

《魯克麗斯受辱記》講述了羅馬寡婦魯克麗斯遭到塔克文（Tarquin）性侵之後自盡的悲劇傳說；塔克文是魯克麗斯的好友，也是魯克麗斯丈夫克拉丁（Collatine）的軍中同袍。魯克麗斯是悲劇的受害者，但原詩描述魯克麗斯的心靈受到折磨，還要面對性侵誘惑的內在掙扎，她受到欲望的驅使，想要背叛自己

＊ 譯注：《錯中錯》為梁實秋先生的翻譯，該劇的英文直譯為《錯誤的喜劇》。

的丈夫，而她的侵犯者塔克文將其丈夫描述為「我的家人，我真誠的朋友」（1.237），這種敘事也讓塔克文獲得了莎士比亞後期作品中出現的悲劇英雄地位，例如馬克白。馬克白想要對受害者施加一種「宛如幽靈的謀殺」，用「塔克文侵犯魯克麗斯的腳步」走向受害者。哀悼自身命運的魯克麗斯也提到了一個關於劇場的概念，她說「夜，地獄之景……悲劇和謀殺降臨的舞臺」，這些句子會讓莎士比亞的讀者想起用於悲劇演出的黑色舞臺懸吊裝飾，也呼應了《亨利五世》第一部的第一句話：「天上懸吊著黑」——當時的劇場舞臺，「天上」的意思是舞臺上方的頂棚。

奧維德的原詩相對較為簡短，而為了擴展故事內容，莎士比亞經常使用「道德箴言」（sententiae）的手法。以道德箴言的方式評論劇情發展，有助於讓他的悲劇作品獲得莊嚴和高度的嚴肅性。這些作品的共同特質或許可以幫助我們知道莎士比亞理解的「悲劇」是什麼。莎士比亞的所有悲劇作品結局都是一位以上的主要人物死亡；所有的悲劇作品，正如《魯克麗斯受辱記》，都有一定程度的道德評論和哲學反思（然而，莎士比亞的喜劇作品也有這些特質）。雖然設定了這些特質條件，但我們還是會提出例外，例如，「所有莎士比亞的悲劇作品（除了《羅密歐與茱麗葉》和《奧賽羅》）的時間設定大約都是許久之前」，或者「所有的莎士比亞悲劇作品（同樣的，除了《羅密歐與茱麗葉》，而《奧賽羅》可能也是例外）都是出身名門的人物，其結局影響了國家的命運。」

這種情況導致一些評論家甚至不想定義「何謂莎士比亞的悲劇」，例如英國文學學者兼評論家肯尼斯．繆爾（Kenneth Muir）在一九五八年的英國國家學術院（British Academy）的演說上表示：「沒有所謂的莎士比亞悲劇，只有莎士比亞撰寫的悲劇。」這個主張的洗練程度雖然非常引人入勝且適合引述，但確實有些狡猾。莎士比亞撰寫的悲劇，其實際的範圍確實廣泛多變，但大多數的作品都在描繪一位以上有一定程度內向特質的核心角色，並且暗示造成其隕落的災難都無可避免地與角色的性格有關（《羅密歐與茱麗葉》可能再度是一個例外，在這部悲劇中，那對戀人的宿命似乎受到外部因素的決定，而不是內在性格）。然而，在莎士比亞以喜劇形式撰寫的一些著作中也有相同的情況，最明顯的就是《一報還一報》的安哲羅（Angelo）和《冬天的故事》的里昂蒂斯（Leontes），雖然他們最後獲得了救贖。

《對開本》的分類方式反應在這套牛津大學的系列叢書，因為他們也將莎士比亞的著作分為三種類型。基於這個理由，我在討論悲劇時，也會將範圍限制在不採用英國歷史為基礎的莎士比亞作品。不過，由於缺乏可以定義「什麼是莎士比亞悲劇」的單一理論或標籤，這個情況促使我依照每部劇作進行單獨討論，而不是採用主題式的途徑進行探討。在這個過程中，我希望能夠讓讀者感受到每部著作的獨特性，讓讀者和現代觀影者能夠享受其中的各種要素和意義，以及每部著作的影響力及其所帶來的樂趣。

第一章

莎士比亞時代的舞臺悲劇

莎士比亞進入劇場世界時，悲劇相當受歡迎。在莎士比亞的早期創作生涯中，同一時期最最出類拔萃者是克里斯多福．馬羅；如果不是因為他在一五九三年時以二十九歲的年紀英年早逝，且當時的莎士比亞才剛起步，馬羅可能是唯一能夠與莎士比亞分庭抗禮的競爭對手。馬羅只比莎士比亞早了幾個月出生，他和莎士比亞一樣，出生在一個平凡的家庭，但他是一位大學畢業生，而且很早就有了斐然的成果。馬羅是一位偉大的抒情詩人與譯者，也是一位多產的劇作家，他的《帖木兒》（*Tamburlaine*）二部曲在戲劇市場中取得了轟動一時的成功，也對同時代的人物和後輩產生開創性的影響。

在《帖木兒》之後，馬羅繼續創作了其他偉大的悲劇，包括極為諷刺的《馬爾他的猶太人》（*Jews of Malta*）、大膽創新的《愛德華二世》（*Edward II*）——其根據英格蘭歷史撰寫，講述英王對於愛臣皮爾斯．賈維斯頓（Piers Gaveston）的悲悽同志之愛，還有嚴肅喜劇（serio-comic）《浮士德博士》（*Dr. Faustus*），他的所有作品都對於莎士比亞的風格和編劇產生了顯而易見的影響。班．強森

（Ben Johnson）在一六二三年出版的《對開本》中，有一篇對於莎士比亞的偉大致敬文，當中提到「馬羅的偉大文句」（Marlowe's mighty line），推崇馬羅對於英雄風格的精通，並且認為這只是馬羅對於英格蘭戲劇發展的諸多貢獻之一。除此之外，莎士比亞也從一位產量較低的作家湯馬斯・基德（一五五八年至一五九四年）身上獲益良多。基德的《西班牙悲劇》（*The Spanish Tragedy*）大約寫於一五八七年，也是第一部著重於復仇的英格蘭長篇悲劇——正如莎士比亞的《泰特斯・安特洛尼特斯》。

基德的作品，就像十五年之後問世的《哈姆雷特》，其強調復仇情節、鬼魂、瘋狂、默劇、被阻止的愛情、復仇者在舞臺上表演的劇中劇、關於死後的哲學省思，以及暴力事件，而整部戲的高潮是紊亂的謀殺事件。整部《西班牙悲劇》幾乎都是高度格式化的韻文以及修辭華麗的漫長演說，包括拉丁文臺詞，有些直接引用塞內卡的字句和義大利文，充滿了古典的暗示，對於第一代的觀賞者來說，可能過於複雜而難以理解。話雖如此，這部作品無論在出版和舞臺上都取得了佳績，在一五九二年至一六三三年之間，一共出版了十種版本（超過莎士比亞的任何一部作品）；在舞臺上，也經常受到戲仿（parody）與模仿。「赫羅尼莫，快走，快走」（Hieronimo go by, go by）*這句臺詞成為伊莉莎白時代劇場中的一句流行語，另外，赫羅尼莫哀悼兒子遭到謀殺的獨白也經常被引述——甚至在某種程度上是充滿熱情地戲仿。這部作品修辭華麗且高度格式化的風格，也非常接近莎士比亞在早期幾部劇作採用的風格。

哦，眼睛！——不是眼睛，只有滿是淚的泉水；
哦，生命！——不是生命，只有死亡的鮮活形體。
哦，世界！——不是世界，只有大量的公共之誤，
因為充斥著謀殺和惡行而陷入混亂！
哦，神聖的天堂！如果此種褻瀆的行為，
如果這種非人道的野蠻之舉，
如果我的無可比喻之謀殺，

但我的兒子已經不在了，
依然無法揭露過去，並且向過去復仇，
我們又要如何將天堂稱為正義，
如果你無法正義地對待相信天堂正義的人們？
《西班牙悲劇》（3.2.1-11）†

但這部劇也有驚人的劇情行為，尤其是赫羅尼莫刻意咬斷自己舌頭的情節。

莎士比亞的悲劇，其形式和風格正如自身其他的所有戲劇作品，都是部分受到表演劇場的實際環境、表演劇團的本質，以及當時的戲劇表演習俗所決定。另外，觀眾的期待也有影響但程度較低，不過在以詩文形式呈現的部分，莎士

＊ 譯注：這段話的原文應該是「赫羅尼莫，注意，快走，快走」（Hieronimo beware, go by, go by）。赫羅尼莫因為喪子之痛，想要打斷西班牙國王說話，要求西班牙國王還給他公道時，國王趕走了赫羅尼莫，赫羅尼莫立刻提醒自己應該快點離開。

† 編注：此數字為劇本上的幕、場、段落標記，如這裡是指該劇本第三幕的第二場的一至十一段。

比亞還是有遵守。在莎士比亞的創作生涯早期，觀眾多期待戲劇中採用大量或完全採用詩文的方式寫作，而其中大多是「無韻詩」（blank verse）——這是由十個音節所構成的無韻抑揚詩，其因為馬羅的關係在戲劇中非常受到歡迎。羅密歐說「等一等，遠方窗戶傳來何種光芒……」（But soft, what light from yonder window breaks）就是這種詩文。然而，押韻還是經常出現，舉例而言，特別是用於結束臺詞、場景，或整部戲：

> 已經有了結論，班科（Banquo），你的靈魂之旅（thy soul's flight）
> 倘若能夠找到天堂，必定是在今晚（find it out tonight）。
>
> 《馬克白》（3.1.142-3）

隨著時間經過，莎士比亞也會為了增加作品的自由度與其他效果，開始使用散文。莎士比亞只有四部作品（全部都是歷史劇），完全（或者幾乎完全）採用詩文（《理查二世》、《約翰王》，以及關於亨利四世政權的第一部和第三部作品）。在莎士比亞創作生涯的多數時刻，他都用更為多元的方式撰寫劇作，其多元程度遠遠勝於後代其他人的作品，而範圍從精巧的文藝詩文到口語的散文都有。在英格蘭戲劇史上，沒有任何一段時期能夠為了劇場表演而創作出如此豐富且精緻巧妙的文藝作品。劇中的個別演說通常都有讓我們想起歌劇詠嘆調的特質，劇中角色在情感上或知識上回應自己承受的事件時，也會因而擴展或暫停其行動。最知名的例子是《哈姆雷特》的「生存或是毀滅……」（*Hamlet*, 3.1.58）。即使是莎士比亞撰寫的散文臺詞，包括嚴肅的和喜劇的，通常也會用高度符合慣例的修辭風格撰寫，而這種風格受到伊莉莎白時代文法學校提供的修辭和演講訓練所影響。

早期的舞臺劇是連續表演的——「幕間休息」（act interval）要到莎士比亞的創作生涯晚期才開始進入舞臺。公共劇場的表演以露天方式進行，直到夜幕降臨之前結束。公共劇場的舞臺通常會延伸至觀眾席，二到三扇門能夠從後臺或所謂的「更衣室」進入舞臺，還有上層表演舞臺，在此之上則是放置懸掛裝飾的頂篷，以及可以從上方降低的王座。煙火用來代替閃電，而音效則是藉由，例如：

在溝槽中滾動砲彈，模擬閃電的聲音；現場的大砲甚至能夠點燃發射，作為皇家致敬禮儀。一六一三年公演《一切為真》（*All is Ture*），也就是《亨利八世》的另外一個名稱時，他們確實點燃了大砲，但不幸地將戲院付之一炬。

另外，劇團也可能會聘請音樂家替舞蹈和遊行伴奏，如：聘請小號樂師演奏響亮的號角聲、鼓手提供戰場的配樂，而有些演員可能要唱歌，例如：奧菲莉亞（Ophelia）、黛絲狄蒙娜和李爾的弄臣，同時還會自己演奏魯特琴伴奏。觀眾和演員之間沒有區隔用的簾幕，而為了方便在劇終時把舞臺淨空，因此在《哈姆雷特》、《李爾王》和《科利奧蘭利斯》的結局都是葬禮。

演出地點也可能是王室宮殿的廳堂，特別是劇團進行巡迴演出時，會在各地的市政廳（正如在莎士比亞少年期間，各個劇團曾經於雅芳河畔的史特拉福進行演出）、豪華大屋、旅館內或旅館庭院，因此，也會有需要隨機應變的情況，可能需要減少舞臺表演使用的素材並迅速調整劇本。舉例而言，如果遇到現場沒有上層舞臺能夠讓茱麗葉在窗邊登場，或是舞臺沒有隙縫空間作為奧菲莉亞的墳墓的情況，劇本就必須有辦法彈性調整。

當時的觀眾對於戲劇和劇場的慣例習以為常，這些慣例超越了詩文的一般使用方式，與此相對，現代的觀眾可能不熟悉當時的一般詩文。在那個時候，戲劇的開場可能是一段介紹性的序言，例如《羅密歐與茱麗葉》和《特洛伊羅斯與克瑞西達》；或者是在中段穿插合唱，例如《亨利五世》和《佩利克爾斯》；又或是《皆大歡喜》（*As You Like It*）和《暴風雨》，其結局是一段結語。劇中角色通常會進行一段獨白——漫長的臺詞，通常採用詩文形式，如果說話的對象不是自己，就會是觀眾；現代最熟悉的例子是哈姆雷特的「生存或是毀滅……」（*Hamlet*, 3.1.58）以及馬克白的「明日、明日，又明日……」（*Macbeth*, 5.5.18）。他們的說話方式通常就像旁白（aside），是對著舞臺上的特定角色，或者是對著觀眾說話。

表演劇團通常會有大約十四位專職的演員，而他們可以被兼職的演員替代；一位演員往往要在一部戲擔綱一個以上的角色，所以劇作家必須將此納入考量，好比在劇情設計上要讓演員有換裝的時間。莎士比亞的時代與後來的劇團表演有一個重大的差異，亦即：當時所有的女性角色，即使是年長的女性，例如馬克白夫人（Lady Macbeth）和克麗奧佩托拉，都是由男性演員飾演，且多為年輕的男童（其中一些曾經在唱詩班接受訓練，或者是由成人劇團中的資深演員指導），年紀最大不超過青少年晚期。這個差異有助於解釋為什麼在莎士比亞的劇作中，女性角色的數量相對較少，例如在《凱撒大帝》和《哈姆雷特》中都只有兩位女性角色，且大多數的女性角色是年輕女性，而不是年長的女性。

最後，我們很難勾勒概括出那個時代的觀眾模樣，其中可能有行為不良且缺乏鑑賞力的人。不過正如哈姆雷特所說「什麼都不會，只能理解莫名其妙的默劇與噪音」（*Hamlet*, 3.2.12-13），在我們用紆尊降貴的姿態評論他們之前，別忘了他們進場看戲拍手喝采、他們讓有史以來最精緻高雅且需要投入大量情感和知識的戲劇受到歡迎——正如我們將在本書後續的篇幅所見。

第二章

《泰特斯．安特洛尼特斯》

Titus Andronicus

在莎士比亞的所有戲劇中，《泰特斯．安特洛尼特斯》最不受到讚譽，也是最明顯過時的一部作品，不過它卻有非常精鍊的文字，提供了出色演出的契機。另外，《泰特斯．安特洛尼特斯》同時是莎士比亞最有「塞內卡特色」的劇作，也是第一部不是根據英格蘭歷史改寫的悲劇，可能也是莎士比亞的第一部悲劇；雖然故事的場景設定在古羅馬，但符合羅馬的戲劇史實程度最低。該劇第一個有紀錄的演出，是在一五九四年於班克賽德（Bankside）的玫瑰劇場（the Rose playhouse），並於同年付梓（並未載明作者），直到出現在一六二三年的《對開本》並新增額外的場景（第三幕第二場）之前，曾經有過兩次的版本修正。

在那個時代，《泰特斯．安特洛尼特斯》取得了巨大的成功，我們可以從班．強森在《巴塞繆洛博覽會》（*Bartholomew Fair*，一六一四年）序言中的輕蔑譏諷，甚至帶有些許妒意的評論看出：「任何人如果發誓《赫羅尼莫》（*Jeronimo*；《西班牙悲劇》劇中角色赫羅尼莫的別稱，採用另外一種拼寫方式）或《安特洛尼特斯》是最好的劇作，他的觀點會被完全接納，就像一個人持續表達他的想法，而且在二十五年至三十年間都毫無長進。」然而，《泰特斯·安特洛尼特斯》卻被視為一個嚴重的失敗，至少在一九五五年由英國戲劇導演彼得·布洛克（Peter Brook）製作的指標性演出之前都是如此——這部作品由英國演員勞倫斯·奧利佛（Laurence Olivier）主演，揭露了該劇文本在過去不為人知的偉大之處。

人們往往認為《安特洛尼特斯》呈現可怕事件的方式令人反感，所以他們推測，甚至是希望莎士比亞本人其實完全沒有撰寫，或者只撰寫了其中一部分的內容（後者可能是真的）。然而，法蘭西斯·梅爾斯在一五九八年時將《安特洛尼特斯》納入莎士比亞的著作，而他的同仁也在一六二三年的《對開本》中將該劇視為莎士比亞的著作。英國劇作家愛德華·拉文斯克羅夫特（Edward Ravenscroft；西元一六五四年至一七〇七年）認為「在莎士比亞的著作中，《安特洛尼特斯》是最不成熟和最不正確的」，且該劇「似乎沒有劇情結構，只有一堆垃圾」。他表示，自己曾經聽聞莎士比亞只有對於該劇「主要的一、兩個部分或角色進行了大師級的潤飾」，但即便如此，他依然認為該劇值得針對舞臺表演來進行改編。

拉文斯克羅夫特的批評以及對於該劇作者身分的質疑，延續了數個世紀。英國詩人艾略特（T. S. Eliot）在一九二七年首度發表的一篇論文中認為，《安特洛尼特斯》是「是有史以來最愚蠢且最不啟發人心的成文劇本之一」。然而，自此以後，對於領銜角色安特洛尼特斯出現了一些傑出的製作和表演，加上對於如何在舞臺上有效呈現「暴力的藝術」有了新的觀念，讓人們開始重新評價《安特洛尼特斯》。

多數的學者已經能夠接受這部戲是莎士比亞和喬治．皮爾共同創作，而一般認為喬治．皮爾撰寫了第一幕，加上第二幕第一場和第四幕第一場。話雖如此，這個觀點不代表莎士比亞刻意與該劇保持距離（他們可能有一段非常完美快樂的合作關係），換言之，莎士比亞依然必須為了劇中某些接二連三非常惡劣的行動負責。

雖然該劇的場景設定在古代羅馬，但故事並非根據真實的歷史。故事的雙重復仇劇情想要巧妙地整合大量的恐怖事件——雖然恐怖但具有非常好的劇場表演效果，有時候甚至能夠深刻地觸動人心，其中大多數都是採用修辭精緻的無韻詩。

該劇的壯觀開場極度仰賴於伊莉莎白時代的劇場資源：羅馬的護民官和元老院成員在小號和鼓聲之中邁步走入上層舞臺；已故羅馬皇帝的長子薩圖爾尼努斯（Saturninus）走向他們，進入下方舞臺的一側，次子巴西安努斯（Bassianus）則是進入下方舞臺的另外一側，兩人身邊伴隨眾多追隨者——這個數量取決於戲院空間能夠容納的程度。小號樂手和鼓手也增添了舞臺效果。兩位領導人與沙場老將泰特斯角逐「羅馬的皇冠」。泰特斯搭乘馬車盛大登場，身旁是四位依然在世的兒子——馬爾提修斯（Martius）、繆提修斯（Mutius）、魯修斯（Lucius），以及昆特斯（Quintus），加上女兒拉維妮亞（Lavinia），還有以黑布覆蓋的棺材，裡面是在一場戰鬥中喪生的其他兒子；依照劇場大小不同，最多有二十一個棺材。泰特斯將死去的兒子帶回羅馬進行葬禮，舞臺上有一座陵寢打開，容納著那些棺材。

在泰特斯的馬車隊中，還有俘虜哥德人（Goth）的皇后塔摩拉（Tamora），以及她的三個兒子與摩爾人（Moor）亞倫。然而，摩爾人亞倫在漫長的開場中，沒有任何臺詞也沒有任何行動。泰特斯下令將塔摩拉的長子亞拉爾巴斯（Alarbus）進行儀式性的處死，以此悼念泰特斯的兒子之死，於是亞拉爾巴斯被帶離舞臺之外，準備獻祭。泰特斯以年紀為由，放棄爭奪王座，讓薩圖爾尼努斯登上帝位，而薩圖爾尼努斯原本宣布他將迎娶拉維妮亞，後來又將注意力轉向塔摩拉並與她結婚，而巴西安努斯與拉維妮亞成親。

本劇第一個進行的復仇是塔摩拉煽動僅存的兩個兒子，也就是人格低劣的齊隆（Chiron）和狄米崔斯（Demetrius），要他們先刺殺巴西安努斯（在舞臺上）並且帶走拉維妮亞，用她「滿足欲望」。隨後，兩人將拉維妮亞帶回莎士比亞最令人恐懼的其中一個舞臺：「皇后的子嗣齊隆和狄米崔斯進入，帶著拉維妮亞；

拉維妮亞的雙手被砍、舌頭被切，並遭到侵犯。」他們將巴西安努斯的屍體丟入舞臺上的一個坑洞，嫁禍給泰特斯的其中一位兒子，他被陷害掉入坑洞，並且遭到處死。

亞倫是塔摩拉的情夫，他欺騙泰特斯，讓泰特斯以為只要砍下自己的手就能拯救兒子的性命，於是在舞臺上，他的手被砍下。後來，一位使者帶回泰特斯砍下的一隻手，以及他的兩位兒子被砍下的頭顱，告訴泰特斯，「你的犧牲被蔑視地退回了」。這個事件讓泰特斯發誓復仇，隨後就是可怕的離場。

誓言已立。過來吧，我的兄弟*，拿起其中一個頭顱。
我將用自己的一隻手，拿起另外一隻手。
拉維妮亞，妳也有使命
用妳的雙臂扶著我的手，親愛的女孩。
（3.1.278-81）

* 譯注：泰特斯在劇中有一名弟弟，名字為馬可斯（Marcus）。

第二個復仇行動以一個指標性的場景作為開場（3.2），而且似乎是後來增加的內容（可能是由英國劇作家湯馬斯．米德頓〔Thomas Middleton〕所撰寫），因為直到一六二三年的《對開本》之前，該場景的內容都沒有被納入紙本印刷版。在這個場景中，馬可斯殺了一隻蒼蠅，遭到泰特斯的訓斥，而馬可斯的理由是「那是一隻黑色惡臭的蒼蠅，／就像皇后的摩爾人」，並且持續用刀刺那隻蒼蠅。拉維妮亞用殘肢翻閱奧維德的《變形記》（*Metamorphoses*），翻到菲洛梅拉（Philomela）遭到性侵的故事，隨後拉維妮亞用一根棍棒，在她站立的沙丘之上，寫下了侵犯者的名字。

塔摩拉和亞倫產下一子，由於那個孩子的皮膚是黑色的，所以塔摩拉想要亞倫殺死那個孩子，但亞倫拒絕了，隨後殺死了孩子的乳母（在舞臺上）。泰特斯已經陷入精神異常，他派出使者向眾神訴願。結局時泰特斯陷入瘋狂，他與兄弟馬可斯和最後一位倖存的兒子魯修斯，向塔摩拉與她的子嗣完成了驚人的復仇結局：泰特斯殺死了自己的女兒，讓她不用「承受如此的污辱」；他割斷塔摩拉兩個兒子的喉嚨（在舞臺上），並且向薩圖爾尼努斯和塔摩拉獻上以塔摩拉兒子頭顱烘焙的派餅。在三行臺詞的時間之內（舞臺上只需要幾秒鐘），泰特斯將塔摩拉刺死，他自己則被薩圖爾尼努斯殺死，而泰特斯的兒子殺了薩圖爾尼努斯，替父親報仇。魯修斯登基為王，身邊只剩下馬可斯與他一起埋葬死者，他讓亞倫接受懲罰，重建羅馬帝國的秩序。

以摘要的方式呈現劇情時，看起來可能非常荒謬。事實上，該劇確實經常引發不合宜的笑聲。一九二三年英國戲劇評論家詹姆斯．阿傑特（James Agate）寫道：「塔摩拉、泰特斯，以及薩圖爾尼努斯以大約間隔五秒的時間相繼死亡時，觀眾發出了笑聲，就像觀看滑稽諷刺的情境劇」。

該劇的某些部分似乎以另外一種極端的方式，寫得過度冗長。馬可斯遇見遭到侵犯和截肢的姪女拉維妮亞時，並未依照一般中性劇情的發展立刻求助，而是發表了長達四十七行的無韻詩臺詞，其以奧維德的優雅風格寫成，直接提到菲洛梅拉遭到侵犯的古典戲劇傳說，而這個傳說是該劇的改編基礎。馬可斯的臺詞包括以下的對白：

為什麼妳不向我說話？
可嘆啊，一條血液尚溫的深紅之河，
正如被風吹起浮沫的泉水，
在妳紅潤的唇間湧動，
隨著妳甜美的呼吸來去。
必是有一位像鐵流士（Tereus）*的人玷污了妳。
他唯恐妳指認他，切斷了妳的舌頭。
啊，現在妳因為羞愧而別過了妳的臉龐，
儘管損失這麼多的血，
彷彿一個管道上有三個水口，
妳的臉頰依然如泰坦的臉龐般鮮紅
鮮紅的臉龐與天上的雲朵相接。

我應當替妳說話嗎？我應當認為真相就是如此嗎？
哦，但願我能夠知道妳的心聲，但願我知道那個禽獸是誰，
我就能夠攻擊他，撫平我的心靈！
（2.4.21-35）

這段臺詞充滿了明喻、譬喻、頭韻（alliteration）、傳統的修辭、古典暗示（有些承襲自奧維德），以及明知故問（rhetorical question；這些問題必須是明知故問，因為沒有舌頭的拉維妮亞無法回答），都是一種有意為之、模仿古典時代作家的刻意寫作——年輕時的莎士比亞在開始協助撰寫劇作的不久之前，必定曾經在學校研讀過古典作家的作品。

無論如何，關鍵的問題當然是可憐的拉維妮亞必須立刻獲得實際的幫助，而不是用她的處境發表一段詩文。正因如此，一九五五年由英國導演彼得・布洛克製作、勞倫斯・奧利佛飾演泰特斯的演出，省略了馬可斯的整段對白，成為該

＊ 譯注：在奧維德的作品中，鐵流士侵犯了菲洛梅拉。

劇在後伊莉莎白時代第一個真正的傑出呈現。儘管如此，偉大的文學評論家法蘭克．柯莫德（Frank Kermode）認為馬可斯「以拉維妮亞的驚人外表寫了一首詩，讓這首詩完全符合如果他會撰寫的非戲劇詩」。然而，這樣的評論是錯誤的，因為這是用一種非戲劇的方式閱讀文本。事實上，馬可斯的詩文證明了他確實知道這位遭到侵犯和截肢的女人，以沉默的方式在場，他直接與她說話，並且在臺詞中提到拉維妮亞的反應，拉維妮亞用手勢或其他方式回應叔叔時，馬可斯允許了那種尖銳痛楚的停頓。

美國導演朱麗．泰摩（Julie Taymor）在一九九九年的電影作品中縮短了這段臺詞，但明確地表達了泰摩確實知道這段表演的問題，她讓馬可斯從遠方慢慢靠近拉維妮亞（比起舞臺，電影更容易呈現出這個效果），只能慢慢地發現拉維妮亞究竟發生了什麼事情。在英國導演黛博拉．華納（Deborah Warner）於一九八七年執導的指標性演出中，飾演馬可斯的演員用一種寂靜的口吻詮釋這段臺詞，使其成為一種想要觸動人心的嘗試，他用一種彷彿在時間之外的演繹方式，嘗試理解事實，藉此承受過去無法想像的恐怖所造成的驚訝。

由上述可知，現代的導演必須協助觀眾，讓他們克服該劇撰寫時的過時習俗所導致的理解困難。但是，該劇確實包含了「詩性戲劇」（poetic drama）的偉大段落，而有能力理解該劇修辭深度的演員，方能彰顯其偉大；其中一些段落以令人痛苦的簡白文字作為表達，必須藉由一種口說方式方能揭露苦難的深度，近似於莎士比亞最偉大的一些悲劇角色所體驗的，例如馬克白和李爾王。

英國劇場評論家特雷文（J. C. Trewin）寫道，演員勞倫斯・奧利佛一開始將泰特斯描繪為一位白髮斑駁的戰士，後來泰特斯「有能力進入更為廣泛的空間，讓自己擴展得遠比生命本身更為偉大，用一種膨脹的英雄演出，填滿了舞臺和劇場」，並且在簡單的臺詞「我就是海洋」中找到了偉大（3. 1. 224）；演員布萊恩・考克斯（Brian Cox）在黛博拉・華納製作的演出中傳達了一種持續變得強烈的苦難，最後成為悲傷的苦笑，在苦笑之前，他說出那句肝腸寸斷的簡單臺詞：「為什麼不笑，我已經沒有任何一滴眼淚可以流了」（3.1.265）*。華納甚至藉由一種老練機智的導演方法，避免該劇可怕的終幕結局引發觀眾的笑聲回應——但是，我們必須在此坦承，她當初的目的是為了協助編劇，而不是發現了這段文本尚未被察覺的戲劇張力。

* 譯注：布萊恩·考克斯飾演泰特斯，而這段對話的前文是泰特斯發出了笑聲，馬可斯問他為何而笑，因為笑不符合此時的情緒。

第三章

《羅密歐與茱麗葉》

Romeo and Juliet

「在美麗的維洛納，我們創造了這部戲劇的場景」，相當受歡迎的《羅密歐與茱麗葉》序言如是說；如果你造訪現在的維洛納，就可以看見許多證據顯示這座依然美麗的城市值得這個讚許。市府當局將一間房子定名為「茱麗葉之家」，在茱麗葉之家的庭院內你可以望著一座陽臺，據說那就是茱麗葉的陽臺；你可以撫摸茱麗葉雕像的赤裸胸脯，用電子郵件將你的愛情故事寄給她（志工會回覆你的信件），將你的情書貼在牆壁上，當然，你還可以購買旅遊的紀念品，甚至還可以前往朝聖距離維洛納更遙遠的地方，據說那裡是茱麗葉之墓。

當莎士比亞大約在一五九五年創作這部戲時，故事序言中的「厄運戀人」（star-crossed lovers）*在當時已經非常受到歡迎；該劇的敘事和一首長詩相當相似（這首長詩的作者是亞瑟．布魯克〔Arthur Brooke〕，他在寫完這首詩的不久之後就於船難中英年早逝），而這首詩的發表時間已經超過三十年，由此可見，《羅密歐與茱麗葉》本身就是「回收使用」一個已經非常受到歡迎的故事。厄運戀人成為全球最偉大的愛情故事之一，並在其他戲劇、電影、歌劇、芭蕾舞、管弦音樂，以及眾多的重述和改編中不斷出現，受歡迎程度也持續增加；其中在一些作品裡兩位戀人變成長者或同性戀人。然而，厄運戀人的故事最偉大的文學和劇場體現，依然是莎士比亞的劇作。

《泰特斯·安特洛尼特斯》和《羅密歐與茱麗葉》兩部作品的完成時間相隔數年，而兩者之間的差異可以立刻用於評估莎士比亞作為劇作家和詩人的成長速度，以及其悲劇概念的擴展開放速度。《羅密歐與茱麗葉》容納了浪漫劇以及許多喜劇元素，不過總的來說，這部戲劇被精心撰寫為一部關於愛情的雙重悲劇。

正如「厄運」一詞所暗示的，悲慘的結局其實來自於「命運」或「外部力量」的影響，而不像莎士比亞的其他悲劇，原因是角色內部的缺陷或緊繃關係。

* 譯注：「厄運戀人」是莎士比亞在《羅密歐與茱麗葉》中所創造的詞，原文是「星之交錯」（star-crossed），意思是不被祝福、無法修成正果，或者是受到星辰阻擾的戀人，而解釋方式有數種，第一種是以 cross 作為解釋，將 cross 解釋為違逆、觸怒的；第二種則是以星象學為基礎，認為主導兩位主角的星象彼此交錯，而這在伊莉莎白時代被視為不幸的象徵，也是比較主要的解釋觀點。

《羅密歐與茱麗葉》也是一部「但願」（if only）類型的悲劇——但願羅密歐遭到流放時，茱麗葉陪在他身邊；但願那封讓羅密歐知道茱麗葉只是喝下睡眠藥水的信並未弄丟；但願茱麗葉可以早幾分鐘從從表面上看來死亡的狀態醒來……。

《羅密歐與茱麗葉》的劇情基礎是「兩個社會地位相當的家族」之間的悲劇結果——一邊是羅密歐隸屬的蒙特鳩（Montague）家族，一邊則是茱麗葉的卡普雷（Capulet）家族，並且用非常優秀的方式仔細開展。劇情的時間只有五天。一開場，我們就看見兩個家族的僕人發生危險的衝突；在一場街頭混戰中其以粗俗下流的方式描述，建立了該劇關於性和暴力的主題。維洛納親王的首次登場平息了此次紛爭，也建立了他的權威和權力人物形象。班佛力歐（Benvolio）導入了浪漫愛情的主題，他解釋羅密歐為何無精打采地在清晨時四周遊蕩，避開自己的朋友，將自己封閉在苦戀的情緒中。在《羅密歐與茱麗葉》的這個階段，羅密歐愛的女人是羅莎琳（Rosaline）——她從未出現在舞臺上，往後也將與羅密歐毫無關係。羅密歐的愛只能放在心裡，永遠無法實現*。

羅密歐的心情稍微好轉之後，與朋友一起擅自闖入了一場在家族宿敵卡普雷家族大宅舉行的燭火舞會；那是茱麗葉的家族，而她當時的年齡還不到十四歲。羅密歐一見茱麗葉，就猛烈地感受到愛意——「哦，她讓燭火明白如何帶來光亮！」——現在，為愛昏頭的羅密歐有了滿滿的性慾。他們交談、他們純真地親吻，羅密歐從茱麗葉的乳母口中得知她的身分，而茱麗葉談到自己如何愛著羅密歐：「我唯一的愛來自我唯一的恨！」羅密歐看見茱麗葉正在從窗臺找尋他（而不是如傳聞一般，從陽臺尋找他）：

等一等，遠方窗戶傳來何種光芒？
那是東方，茱麗葉就是太陽。
升起吧，美麗的太陽，殺死嫉妒的月，
月已生病，因痛苦而蒼白
而妳，作為月的女僕，遠比她更為美麗。

（2.1.44-8）

＊譯注：羅莎琳是卡普雷家族的成員，也是茱麗葉的表姊，她不曾回應羅密歐的愛。

「月」缺比喻了毫無反應（且不在舞臺上）的羅莎琳。由於茱麗葉看不見羅密歐，羅密歐「偷聽到」茱麗葉向他傾訴的愛意，接著他現身，兩人用英語中最癡迷但又帶著精緻幽默的詩詞許諾終身，「哦，不要用月起誓，因為月總是變化無常」，茱麗葉說：

月亮有陰晴圓缺，
我怕你的愛也是如此無常。
（2.1.152-3）

短暫不知所措的羅密歐則是回答「那我該用什麼起誓？」他們的癡迷狂喜很快就因為一種不祥的預感而籠罩了陰影：

不，不要起誓，雖然我因你而喜，
但今晚的會面並未讓我快樂，
太過魯莽，太過輕率，太過突然，
太像稍縱即逝的閃電，

在人們說出閃電之前，閃電早已消失。

（2.1.158-62）

羅密歐詢問了一位修士，修士同意為他們證婚並且替他們完婚。隨後，羅密歐回到朋友身邊，參與了另外一場鬥毆。在這場鬥毆中，羅密歐的朋友莫庫修（Mercutio；他是親王的親戚），遭到茱麗葉的堂哥提伯特（Tybalt）殺害。莫庫修瀕死之際，將過錯歸咎於家族的世仇：「瘟疫將染上你們的家族。」《羅密歐與茱麗葉》的調性就此變得陰暗。羅密歐參與鬥毆意外殺死提伯特，親王第二次介入處理兩家的鬥毆時，決定放逐羅密歐。

不知道這場鬥毆事件的茱麗葉說出一段欣喜若狂的獨白，清楚表達了她對羅密歐有著全然的性渴望；她呼喚夜，要求夜教導她如何「輸掉一場必勝的競賽／一對無暇處子的競賽」——這對戀人在性方面都是沒有經驗的。接著，茱麗葉的乳母帶來了羅密歐被放逐到鄰近城市曼圖亞（Mantua）的消息；羅密歐尋求修士的幫助，他心煩意亂，想要了結自己的生命；修士鼓勵羅密歐在離開維洛納之前去看看茱麗葉；茱麗葉的父母向一位年輕的貴族帕里斯（Paris）提出與茱麗葉的聯姻；羅密歐與茱麗葉在共處的第一個愛之夜已經圓房——從事後發展來看，也是唯一一個愛之夜，並且在另外一段同樣強烈煽情但帶有若干幽默元素的雙人詩詞中道別：

茱麗葉：你要離開了嗎？還沒天亮。
外面是夜鶯，不是雲雀，
穿透你耳朵的聲音。
夜鶯每夜在石榴樹上鳴叫。
相信我，我的愛，那是夜鶯的聲音。
羅密歐：那是雲雀，晨的使者，
不是夜鶯。看啊，我的愛，嫉妒的線條
繫上了遙遠東方的碎裂雲朵。
夜的燭火已經燒盡，歡喜的白晝
踮腳矗立在雲霧繚繞的山巔。

我必須離開，方能活命。留下，只有死路。（3.5.1-11）

在故事稍後的舞臺上，茱麗葉拒絕了父親想要將她許配給帕里斯的計畫，而這令她的父親非常生氣。修士提出一個非常魯莽的計謀，說服茱麗葉服下一種沉睡藥水，能夠讓她的雙親以為她死了，並將她葬在家族的墓穴，而修士將會安排讓羅密歐從曼圖亞騎馬回到維洛納，在茱麗葉從藥水效果中醒過來時，將茱麗葉救出。但是，修士寄給羅密歐的信件卻弄丟了。

羅密歐抵達墓穴時發現帕里斯在墓穴，而羅密歐在決鬥中殺死了帕里斯，並相信茱麗葉已經死亡之後，服毒自盡。在茱麗葉甦醒之前，修士發現羅密歐和帕里斯的屍體，但他聽見了有人來了便立刻離開。茱麗葉甦醒之後，看見羅密歐已死，親吻他的唇之後，取出他的匕首自盡。

在劇情的最後一部分，親王被呼喚至舞臺上，修士也重返舞臺，戀人們的雙親抵達，親王要求修士（唯一一位知道事發經過的人）提出解釋。修士開始解釋時說：「我會簡短解釋。」但他提出了一篇漫長的摘要——由於舞臺上的新成員不知道大多數的事發經過，所以修士的漫長摘要是合理的。最後，親王告訴兩個家族的領袖，這對戀人之死是其鬥爭的懲罰，最終他們握手言和，並同意豎立金雕像紀念這對戀人。親王結束了整個故事的劇情發展，而他的結語將該劇的故事慢慢地消失在過去，使我們遠離了劇情。他的結語採取十四行詩最後六行（sestet）的形式：

今天清晨帶來了慍怒的和平
由於悲傷，太陽不會露臉
去吧，談談更多這些傷心事。
有些人會被赦免，有些人將被懲罰；
因為沒有任何一個故事，
比茱麗葉和她的羅密歐更為悲傷。

（5.3.304-9）

《羅密歐與茱麗葉》的劇情經過非常精明的設計，容納了眾多戲劇表演的娛樂元素：打架、決鬥、舞蹈、愛情場景、高超的演講、悲悼的場景，以及雙重死亡的場景。然而《羅密歐與茱麗葉》是一部非常文藝且漫長的劇作，大約有三千一百行詩文和白話散文的臺詞。對白採用了範圍廣泛的文藝創作形式。《羅密歐與茱麗葉》的序言是一首十四行詩，這首十四行詩為當代觀眾帶來所有浪漫文學的聯想；另外，兩位戀人首次相遇時分享的對話，還有該劇以十四行詩其他形式傳達的訊息都是如此。不過《羅密歐與茱麗葉》也包含了極為廣泛的其他文藝創作形式，包括散文和詩文，部分原因是故事中的角色擁有豐富的性格。

僕人之間粗魯但鮮明的散文白話，充滿下流猥褻的文字遊戲，與兩位戀人之間浪漫但通常帶有細緻幽默的詩文形成了鮮明的對比。雖然茱麗葉的乳母說話不連貫，尤其在回憶茱麗葉的童年時，經常從一個話題突然跳躍至另外一個話題，但乳母的臺詞擁有一種詩文的結構，因為作者莎士比亞非常精明地控制，想要讓觀眾對於說話者產生一種缺乏智識的印象：

無論是一年之中的奇數日或偶數日*
豐收夜（Lammas Eve）於午夜到來時，茱麗葉就會滿十四歲了。
蘇珊和她——上帝保佑所有基督徒的靈魂！——
的年紀相同。哦，蘇珊已經在上帝身邊了；
蘇珊對我來說太美好了。但是，正如我所說的，
豐收夜於午夜到來時，茱麗葉就會滿十四歲，
她會滿十四歲，的確（marry）†，我記得非常清楚。
自從地震發生以來，已經過了十一年，
那個時候她已經斷奶了——我永遠不會忘記——
不會忘記那年的某一天，
我將苦艾草放在乳房上，
在陽光之中，坐在鴿舍的牆壁之下。

（1.3.18-29）

另外，羅密歐的摯友莫庫修（在現代的改編製作中，他們的關係有時候會

被詮釋為具有同性情慾）則是用一種詼諧風趣但下流的狂熱風格說話，特別是關於瑪布女王（Queen Mab）的那段臺詞，讓人想起在《仲夏夜之夢》中，奧布朗（Oberon）和提泰妮婭（Titania）之間的精緻詩詞對白（《仲夏夜之夢》的完成時間就是在《羅密歐與茱麗葉》的前後）；另一方面，勞倫斯修士（Friar Laurence）的無韻詩臺詞則是採用常見的典型寫作方法和控制技巧。

《羅密歐與茱麗葉》一直都被抨擊為過度文藝：十九世紀的英國劇場演員暨劇場經理亨利・歐文爵士（Sir Henry Irving）——據說他是一位非常優秀的文本刪減者，描述該劇是一部「戲劇詩，而不是戲劇」，而這個觀點也一直反應在《羅密歐與茱麗葉》在舞臺上的論述，甚至影響到了電影製作。

---

* 譯注：「奇數日或偶數日」（even or odd）來自於這段對話之前，乳母和卡普雷女士正在討論茱麗葉的年紀。乳母問距離豐收夜還有多久，卡普雷女士回答：「還有十四天與幾個奇數的日子。」

† 譯注：此處的「的確」英文是 marry，在當時，marry 這個字用於表達「是的」、「的確」，或者「沒錯」等表達肯定的語助詞。然而，在本段中，marry 應該也是用於表達肯定的語助詞，但卡普雷女士將會在下幾段對話中提到 marry，並且將這個字與同為 marry 的「婚姻」做相連，因為她在這個場景的目的就是確定茱麗葉的年紀並且提到茱麗葉的婚姻。

《羅密歐與茱麗葉》的對話包括了非常複雜的文字遊戲，與莎士比亞在這個時間寫作的喜劇風格（例如《愛的徒勞》和《錯中錯》）非常類似，以致對於現代讀者和觀眾來說，有時候可能過於難以領略。茱麗葉的雙親和乳母看見茱麗葉假死的屍體時，他們的反應似乎是一種詭異的實驗式重疊對話（見圖二）（*Romeo and Juliet*, 4.4.50-91）。在眾人離開時，劇團聘請的音樂家會在這對戀人早逝的婚姻中，或說或唱出流行歌曲的片段，創造一種感動人心的嚴肅喜劇效果（這個片段在現代演出中經常遭到刪減，因為想要藉此減少莎士比亞在這部高度原創寫作中的實驗特質）。

上述的所有元素縱然豐富，但也讓《羅密歐與茱麗葉》成為在數個世紀以來經常遭到刪減的文本，甚至在表演中也必須進行改編。這部劇的結局場景也被證明是特別有問題的。十七世紀的劇作家湯馬斯．歐特威（Thomas Otway）改編了《羅密歐與茱麗葉》的死亡場景——他納入自己的作品《凱烏斯．馬流斯》（*Caius Marius*）。歐特威顯然認為莎士比亞錯過了讓筆下戀人能夠在臨終之前

圖 2：乳母嘗試喚醒服藥沉眠的茱麗葉（*Romeo and Juliet*, 4.4.28），水彩畫，約翰・馬西・萊特（John Massey Wright，1777-1866 年）繪製。（圖片出處與使用授權：私人收藏）

對話的機會，於是他讓自己劇中的女主角在戀人死亡之前甦醒，使兩人有一段感動人心的對白。

十八世紀的英國傑出演員大衛．加雷克（David Garrick）也在一個更貼近莎士比亞原著的改編版本中，採用了與歐特威相似的方法：這對戀人有一段通俗劇風格的道別對話，但對於現代讀者來說可能會顯得荒謬，且與該劇格格不入。「保佑我吧，這裡真是寒冷。」茱麗葉甦醒時說道，隨後她說：「我竟是為此而醒！」然而，加雷克版本的優點是讓飾演羅密歐的演員可以獲得比莎士比亞原著更強烈的死亡場景；事實上，超過一個世紀以來，這個版本都非常受到歡迎。

英國—愛爾蘭劇作家蕭伯納（Bernard Shaw），在一八九四年描述自己第一次觀看這個版本的經驗時寫道：「在這部劇中，羅密歐並未在服毒之後立刻死去，他被茱麗葉打斷，茱麗葉起身，讓羅密歐抱著她走向舞臺足燈處，她開始抱怨很冷，在兩人相愛的場景中獲得溫暖，完全忘了自己服毒的羅密歐在相愛的過程毒發身亡。」現代的導演不太可能將加雷克創作的對話納入實際表演的文本，但在許多作品中，包括舞臺劇和電影，我們都可以發現它們藉由刪減對話的長度以及讓茱麗葉在羅密歐死亡時恢復生命的跡象，都在強調原版情境的可怕吊詭之處。另外，雖然這部劇在序言中提到「舞臺時間是兩個小時」，但即使是在舞臺裝飾已經相對簡略的莎士比亞時代，這句話都很少成真。因此在現代表演中，《羅密歐與茱麗葉》經常要刪減六百或七百行才有辦法把演出長度控制在一定時間內，所以故事情節的某些部分會因此遭到刪減。

《羅密歐與茱麗葉》高度文藝的特質，似乎使其「適合閱讀的程度高過於表演」，其中特定的段落，尤其是知名的「陽臺」場景，用一種完美理想的方式捕捉了初戀的狂喜，創造了一種可以獨立於該劇的特質，使其在書籍出版上相當受歡迎。但是，由於該劇採用了許多文學慣例和手法，如：玩笑話與雙關語、對於古典故事的援引、精心設計的口語誤解——乳母和茱麗葉之間的對話，乳母想要讓茱麗葉知道提伯特的死訊，但茱麗葉以為乳母說的人是羅密歐（*Romeo and Juliet*, 3.2.36-68）；從任何標準來看，羅密歐在茱麗葉看似身亡的屍體上反覆哀痛的場景，都是非比尋常的（4.4.50-91），對於沒有相關背景知識的現代讀者來說，可能都是不熟悉的，而這一切都意味著，比起其他劇作，《羅密歐與茱麗葉》最好的理解方式就是藉由觀賞演出——無論是在舞臺上，或者是在幾部多采多姿的迷人電影版本，其中包括在視覺上非常美麗但大幅度刪減的作品，由義大利導演法蘭高．齊費里尼（Franco Zeffirelli）在一九六八年執導，以及用非常聰明的方法徹底更動改編的《羅密歐與茱麗葉》（*Romeo + Juliet*），導演為巴茲．魯曼（Baz Luhrmann），由李奧納多．狄卡皮歐（Leonardo DiCaprio）和克蕾兒．丹尼斯（Claire Danes）主演。

電影導演必定都會改編並刪減原著文本（與此相對，劇場導演的改編刪減程度較低），但是他們能夠用各種方法描繪《羅密歐與茱麗葉》，讓現代讀者更容易領略。從莎士比亞本人的時代以來，實際演出的一個重大改變當然是採用女性演員飾演劇中的女性角色。由於那個時代用男孩飾演羅密歐和茱麗葉，莎士比亞無法用任何「符合現實」的方式來描述兩人的愛情場景，所以在他們的婚姻之夜，我們只能看見兩位戀人即將道別的場景；而現代的製作改編方式經常將這個場景設定在臥室，並且用不同程度的裸露方式，暗示兩人道別之前發生了什麼事。

《羅密歐與茱麗葉》中的散文和韻文之多元性和豐富性，為有能力實現文本潛力的演員，提供了一個可以展現大師級演出的絕佳機會。特別是莫庫修這個角色，在其死亡場景中展現了趨近於悲劇的喜劇元素，而莫庫修的對應角色，也就是茱麗葉的乳母，在伊迪絲．艾文斯女士（Dame Edith Evans）的一連串經典演出中，被一位劇場評論家描述這個角色「宛如馬鈴薯一般土氣，宛如車馬一般緩慢，宛如獾一般狡黠」，也成為莎士比亞作品集中最偉大的女性角色之一。

最後，一般認為，沒有女演員的外表可以扮演年輕的茱麗葉（劇中反覆表示茱麗葉的年紀不到十四歲），同時又有足夠的演技傳達茱麗葉的心聲，而羅密歐這個角色，也不像莎士比亞其他偉大悲劇角色那樣，無法為詮釋者提供寬闊的詮釋機會。儘管如此，《羅密歐與茱麗葉》既是一部獨特的舞臺劇和文學傑作，也是評估莎士比亞如何處理悲劇概念多樣性的一個衡量方法。

第四章

《凱撒大帝》

Julius Caesar

在莎士比亞的時代（無論是他開始寫作悲劇的之前或之後）許多悲劇的主題都是關切權力的隕落，以及歷史上偉大人物最終的消亡。撰寫關於刺殺尤利烏斯・凱撒（Julius Caesar）的劇作時，凱撒可能是歷史上最偉大的統治者，也是一位重要的歷史學家，而莎士比亞將全球歷史上最著名的其中一個事件化為戲劇。

莎士比亞撰寫的故事情節與凱撒的真實一生十分相近——基本上他是參考改編自希臘羅馬歷史學家普魯塔克（Plutarch）的傑出（且非常好讀）的作品《希臘羅馬名人列傳》（*Lives of the Noble Grecians and Romans*）。這本著作是一五七九年由湯馬斯・諾斯（Thomas North）從法文翻譯為英文，為了是獻給當時的伊莉莎白女王；而莎士比亞在其他改編自羅馬歷史的劇作中，同樣大幅仰賴普魯塔克的著作。但莎士比亞一如往常地為了其戲劇目的，自由地更改歷史事實，例如，在第三幕第二場的「論壇場景」（the Forum scene），他將原本時間為六個星期左右且發生於多個地點的事件，壓縮至一段劇情中。

另外，莎士比亞也藉此撰寫探討關於政治權力的使用和濫用、關於背叛的道德意義，甚至是關於刺殺的道德意義，為此，這部戲在一五九九年於環球戲院首度公演時，很容易將劇中意義套用在當時的英格蘭國情——當時的英國女王伊莉莎白一世漫長的統治即將走向必然的結束。

《凱撒大帝》引發了許多共鳴與迴響，特別是在後世諸多發生政治危機的時代，也可以連結至許多包括國家層級與個人領域的情境。這個特色讓《凱撒大帝》很容易進行改編製作，比如更改劇情內容或改變劇情場景，使其獲得主題或地點的相關性。例如，美國導演歐森．威爾斯（Orson Welles）在一九三七年於紐約水星劇院（Mercury Theatre）推出的改編作品中，將《凱撒大帝》改編為反法西斯主義的作品，詩人辛納（Cinna the Poet）並非死於羅馬群眾之手，而是遭到祕密警察部隊殺害；英國導演格雷戈里．多蘭（Gregory Doran）在二〇一二年於雅芳河畔的史特拉福推出的作品，採用無幕休息方式演出，演員全是黑人，並將劇情地點設定在中非的暴政政權。

《凱撒大帝》首次付梓於《對開本》，而《對開本》將該劇稱為《凱撒大帝的悲劇》（*The Tragedy of Julius Caesar*）。在劇情中段死亡的凱撒其實是一個比較次要的角色；但是，凱撒在死後依然是劇情的主導動力，而且在該劇後半以鬼魂的方式短暫出現。暗殺兇手凱烏斯・卡西烏斯・朗基努斯（Caius Cassius Longinus）和馬克・安東尼（Mark Antony）是比較主要的角色，因此讓演員有了更多精湛演出的空間，特別是馬克・安東尼用「各位朋友，各位羅馬人，各位同胞」（3.2.74-106）的精湛修辭動搖了羅馬公民的場面；但是，布魯托斯（Brutus）可能會被視為該劇的主要悲劇角色，其自縊場面成為全劇的高潮，讓馬克・安東尼尊崇他是「其中最高貴的羅馬人」。

由於《凱撒大帝》劇中只有兩名女性角色卡波妮亞（Calpurnia）和波夏（Portia），戲份也比較少，所以該劇也被認為幾乎沒有女性演員的機會，但是二〇一二年的某次演出卻全部交由女性演員，這是由英國導演菲利妲・洛伊德（Phyllida Lloyd）所執導，在倫敦的唐馬倉庫劇院（Donmar Warehouse）演出，而英國女演員哈莉葉特・華特（Harriet Walter）飾演布魯托斯，重新處理了性別平衡問題。在莎士比亞的時代，《凱撒大帝》可能是由一個相對規模較小的男性演員劇團演出，但是到了現代由於需要大量壯觀人群的場景提供了契機，讓不論是舞臺劇或電影製作的演出規模愈來愈大。

美國導演約瑟夫・孟威茲（Joseph L. Mankiewicz）早在一九五三年時執導了最精彩的《凱撒大帝》電影，文本幾乎毫無刪減，演出名單也非常出色，包括馬龍・白蘭度（Marlon Brando）飾演馬克・安東尼，詹姆斯・梅遜（James Mason）飾演布魯托斯，而擁有成功的舞臺劇表演經驗的約翰・吉爾古德（John Gielgud）則是飾演凱撒。正如其他的電影版本，孟威茲的作品依然保持原本的歷史背景設定，啟用一千二百位穿著羅馬官袍的臨時演員，且隱晦地暗示「凱撒」和「墨索里尼及希特勒」之間的相似性。

在莎士比亞的其他劇作中，曾多次提到凱撒既是一位皇帝，也是一位歷史學家；例如，在《理查三世》中，年少的愛德華親王如是說（3.1.84-87）：

> 尤利烏斯．凱撒是一位家喻戶曉的人物：
> 他的英勇讓他的智慧變得更為豐富，
> 而他的智慧記下了他的事蹟，使其英勇長存。
> 死亡也無法征服這位征服者，

另外，在《愛的徒勞》中，西班牙人艾德瑞亞諾．迪亞馬多先生（Don Adriano de Armado）引用了凱撒最知名的句子「我來，我見，我征服」（*Veni, vidi, vici*; I came, I saw, I conquered; 4.1.67）。在後來的兩部劇作中，莎士比亞也引用了這個句子——在《約克公爵理查》（《亨利六世》〔*3 Henry VI*〕）中，瑪格麗特皇后（Queen Margaret）提到王子死於英王愛德華、理查，以及克勞倫斯（Clarence）手中時說到：

> 刺殺凱撒的人並未流下一滴血，
> 他們並未傷害任何人，也不應該受到責備，
> 相較於這個惡行*。
> （5.5.52-54）

由此可見，密謀者所流淌的鮮血在莎士比亞撰寫的凱撒大帝劇作中，占據了重要的地位。

正如《羅密歐與茱麗葉》，《凱撒大帝》在序言結束之後，立刻進入一個引人注目的劇情事件之中。慕瑞勒斯（Murellus）與弗雷維斯（Flavius）是平民的護民官（tribune of the people；就像現代工會的官員，平民的護民官從民眾之中選出，司職保護平民的利益），他們嚴厲斥責民眾放下工作「前去觀看凱撒，歡慶凱撒的勝利」的行為。兩位護民官生動地質問羅馬工人是否如此忘恩負義，已經忘了偉大的戰士和政治家龐培（Pompey）——龐培迎娶凱撒的女兒作為自己的第一任妻子，但後來遭到凱撒打敗，並且於一場戰役中身亡。護民官要求民眾拆除在首都道路上用於裝飾的勝利紀念品；關鍵在於，他們表達了內心的恐懼，

＊譯注：這段話的前後脈絡是英王愛德華殺了瑪格麗特的兒子愛德華王子，所以瑪格麗特所說「相較於這個惡行」是指殺害愛德華王子，她認為凱撒是一個男人，而愛德華王子只是一個孩子，男人永遠不會對孩子施暴。

除非凱撒的羽翼被挫，否則凱撒將會成為擁有無上權力的暴君：

> 從凱撒的雙翼中拔除這些正在成長的羽毛
> 足以讓他只能用一般的方式飛行，
> 否則他可以飛越人的視野
> 讓我們所有人陷入奴隸般的恐懼。
>
> （1.1.72-5）

凱撒的權力已然面臨威脅，因為在隨後的場景中與凱撒初次登場時相比，情況變得更為明確。凱撒主持了一場慶祝宗教盛宴的公共活動，他要求自己忠實的追隨者、為了在活動中裸體奔跑（即使在劇場中並未如此呈現，在歷史上則是如此）而打赤膊的馬克·安東尼觸摸她的妻子卡波妮亞，因為迷信認為如此可以解除女性的不孕，使其能夠懷上孩子。此處已經暗示凱撒的脆弱，此外人群之中出現的占卜者聲音更是強調了此點，那人警告凱撒應該「留意三月十五日（Ides of March）」，換言之，災難很有可能在當天降臨至凱撒身上。凱撒和他的隨從前去觀賞活動時，留下了兩位羅馬的政治領導人布魯托斯和卡西烏斯。

在一段小心謹慎的對話中，布魯托斯坦承他一直因為無法傾訴的想法而感到心煩意亂，卡西烏斯鼓勵他釋放心中的擔憂。他們聽見舞臺之外傳來群眾慶賀凱撒為王的歡呼聲時，卡西烏斯開始一段漫長的演說，他冷冷地嘲諷凱撒的人性缺點，主張：

……這個男人
現在已經成神，卡西烏斯
只是一個可悲的怪物，必須彎下身軀
如果凱撒不經意地向他點頭
（1.2.117-20）

更多的歡呼聲響起，代表「更多的榮耀」已經「送向了凱撒」，卡西烏斯再度用另外一篇漫長的激動演說攻擊凱撒：

為什麼，我的朋友，他可以駕馭這個狹小的世界
彷彿一位巨人，而我們低微卑下的人們

必須在他龐大的雙腳中行走，只能隱隱約約地
看見自己可恥的墳墓。
（1.2.136-9）

卡西烏斯請求布魯托斯加入他的行列，和他一起親手掌握自己的命運並且推翻凱撒。卡西烏斯向相對純真的布魯托斯施展的馬基維利式的手段*，讓人想起在莎士比亞稍後的另外一部悲劇著作中，伊阿古（Iago）對待奧賽羅的手法。此時布魯托斯還是很謹慎，雖然承認他確實能夠對於卡西烏斯的說法感同身受，但拒絕承諾會義無反顧地加入卡西烏斯的大業。

你已經說的
我會考慮。你即將要說的
我會耐心傾聽，並且另尋時間
讓我們對於如此重大之事交換意見與答案。
（1.2.168-71）

接著看起來怒氣沖沖的凱撒與他的追隨者回到舞臺上，也表達了對卡西烏斯

的猜疑：

> 那個卡西烏斯的神情瘦弱且飢渴。
> 他想得太多。這種人很危險。
> （1.2.195-6）

凱撒是一個敏銳猜疑的人；但莎士比亞也用這種描寫性格的細緻手法，在凱撒與盟友馬克・安東尼交談時充分展露凱撒的性格弱點：

> 到我的右手這裡，因為這隻耳朵聽不見，
> 告訴我，你內心對於卡西烏斯的真實想法。
> （1.2.214-5）

開場的場景創造了一個環境：安東尼顯然是凱撒的盟友，卡西烏斯反對凱撒，而布魯托斯尚未決定自己的立場。開幕場景的手法來自於莎士比亞接受的古

---

* 譯注：馬基維利（Machiavelli）是文藝復興時期的義大利佛羅倫斯的重要政治理論家，他在《君王論》提出的眾多想法也被詮釋為訴諸現實主義的政治觀點，因此，他的名字經常被用於引申政治現實主義、權謀，以及政治算計等，也是本書作者在此處的用法。

典修辭教育以及與辯才相關的技巧。在撰寫《凱撒大帝》不久之前完成的《亨利五世》戰爭場景中，莎士比亞也曾經使用這些技巧，並且獲得極大的成功。羅馬工人們說著散文，但劇情迄今為止的貴族則是使用足以成為偉大辯才的詩文，正如卡西烏斯想要說服布魯托斯背叛凱撒的說詞。

凱撒對於他本人的軍事行動記載，也就是所謂的《記事》（*Commentaries*）*，是以第三人稱寫成；莎士比亞在本劇中針對凱撒的某些特定演說也採用了相同的風格，進而創造了一種冷漠尊貴，甚至浮誇炫耀的印象：

> 凱撒可能只是一個沒有心的野獸
> 如果他因為害怕而足不出戶。
> 不，凱撒不該是如此……
>
> （2.2.42-4）

莎士比亞呈現密謀者的個別心聲時，熟練地改變了對話的語調和風格。卡西烏斯說服布魯托斯時遇到最大的困難，而布魯托斯不只是被卡西烏斯的修辭所騙，甚至用修辭讓自己進入了一種心境，讓他決定做一些自知錯誤之事：

凱撒之死是必須的。至於我
我沒有任何個人原因想要傷害凱撒，
除了公共。凱撒將會成王。
問題是，成王將會如何改變他的本質。

（2.1.10-13）

換言之，凱撒必須為了自己尚未犯下的罪而遭到殺害。到了刺殺凱撒之際，布魯托斯再度使用了一種自欺欺人的言辭，試圖用高貴的語言粉飾可恥的行為：

我們應該是獻祭者，不是屠夫，凱烏斯。
我們起身對抗凱撒的精神，
依照人類的精神，不該流血。

---

* 譯注：凱撒本人有兩本著作都是以「記事」作為書名，分別是《高盧戰記》（*Commentarii de Bello Gallico*）以及《內戰記》（*Commentarii de Bello Civili*），還有其他作品，但關於作者是否為凱撒，依然有爭議與討論。

但願我們可以戰勝凱撒的精神，
而且不需要肢解他！但是，可嘆啊，
凱撒必須為此流血。親愛的朋友，
我們要勇敢地殺了他，但不是憤怒地殺了他。
將凱撒切為獻給眾神的佳餚，
而不是讓獵犬食用的畜體。

（2.1.166-74）

無論是眾神的佳餚或獵犬的畜體，凱撒的結局都是相同的。另外，布魯托斯缺乏自知之明，這點在刺殺凱撒並想要美化其行為時也變得更為明顯：

屈膝吧，羅馬人們，屈膝吧，
將我們的雙手浸入凱撒的鮮血
直到手肘，用他的血沾滿我們的劍；
隨後，我們將前進至市場，
將鮮紅的武器高舉至頭頂，

一起高喊：「和平，解放，以及自由（peace, freedom, liberty）！*」

（3.1.106-11）

參與刺殺行動的共謀者在表面上服從凱撒時，莎士比亞打破了歷史的時間障礙，展現共謀者行為的象徵重要意義：

卡西烏斯：多少年之後
我們崇高的行為將會重新上演
在尚未出生的國家，以及尚未有人聽聞的腔調！
布魯托斯：凱撒又要在戲劇表演中倒在血泊中多少次

---

* 譯注：莎士比亞在此處用了 peace, freedom and liberty，freedom 和 liberty 在中文都是「自由」，在英文中，也經常作為同義詞而交互使用。然而，兩者在語境上有些許的差異，作為個人意志的自由時，通常會用 free，free 也會作為「免於受到特定事物的桎梏或限制」，進而引申為解放。Liberty 通常指涉是一種在社會、法制系統，或者國家中的自由。莎士比亞在《凱撒大帝》一劇不只一次將 freedom 和 liberty 並陳，因此，譯者認為或許莎翁對於這兩個字確實有不同的想法，所以將 freedom 和 liberty 分別翻譯為解放和自由。而解放一詞也能夠呼應在稍早篇幅中，卡西烏斯想要說服布魯托斯時，對於凱撒權力過大，使渺小的人們成為奴隸的描述。

如今他倒在龐培的雕像之下，
比塵土還不值
卡西烏斯：這個場景有多常上演
我們就會有多常被稱為
使其國家獲得自由的男人。
（3.1.112-9）

這段對白的嘲諷既強烈又露骨明確。

最能夠展現《凱撒大帝》一劇其修辭精湛之處，就是論壇場景。首先是布魯托斯，隨後則是馬克．安東尼，他們在凱撒的屍體面前向羅馬人民說話。布魯托斯用簡潔的散文風格，刺激群眾的熱忱：「活著，布魯托斯，活著，活著！——護送布魯托斯凱旋回府——讓布魯托斯擁有可以和先祖並列的雕像。*」但是，布魯托斯犯了兩個嚴重的錯誤，兩個錯誤都違反了卡西烏斯的建議，而卡西烏斯更為熟悉政治世故。首先，布魯托斯反對讓馬克．安東尼與凱撒一起死；其次，布魯托斯讓自己向群眾發言，而他在這段偉大演說的開場，用卓越的口才說出：

「各位朋友，各位羅馬人，各位同胞，請傾聽我……」布魯托斯刺激群眾，讓群眾陷入一種追求復仇的瘋狂渴望。除了語言之外，布魯托斯也用行動作為修辭，向群眾展示凱撒的屍體，他用令人毛骨悚然的言語，慫恿群眾去「燒毀背叛者的家園」：

> 現在，去吧。厄運，你已自由
> 隨心所欲地選擇你的道路吧。
> （3.2.253-4）

在該劇第一波大型行動的不久之後，莎士比亞聰穎地將這段相對不明確的歷史敘事，修改為戲劇表演形式，成就了第一波高潮，即：詩人辛納毫無道理地遭到殺害；他是一個象徵純真的人物，詩人的志業讓他使用文字追尋事實，而非刺殺共謀者所做的：隱藏事實。

---

* 譯注：此處群眾的「活著」，是因為在這段話的前一句話，布魯托斯表示，他將會留下殺死凱撒的匕首，如果這個國家要他死，他就會用這把匕首殺死自己。於是群眾吶喊要他活著。

如果你觀賞《凱撒大帝》的舞臺劇，在這個階段很有可能會有幕間的中場休息時間，雖然有些導演遵守伊莉莎白時代的慣例，完全捨棄了中場休息，直接進入馬克·安東尼與另外兩位尚未登場人物的三頭共治場景，分別是屋大維·凱撒（Octavius Caesar）和雷比達（Lepidus），而他們冷血地擬定對付卡西烏斯和布魯托斯的計畫。屋大維和雷比達隨後發生的爭執，特別受到《凱撒大帝》最早期觀眾的喜愛，其中一位觀眾雷納德·迪吉斯（Leonardo Digges），他在一六二三年首次出版的《對開本》中寫下：

我曾看見，當凱撒登場時，
舞臺上正在進行半劍談判*，
談判人是布魯托斯和卡西烏斯；哦，觀眾們
何其入迷，又是何其驚嘆，
直到後來，他們再也無法忍受
精緻但瑣碎無聊的《卡特林》（*Catiline*，班·強生創作的悲劇）的任何一行臺詞。

這個場景依然非常受到歡迎，特別是因為它讓扮演卡西烏斯和布魯托斯的演員有了表演的機會，而整體而言，《凱撒大帝》後半段的內容在舞臺上比在書頁上更為成功。莎士比亞展現了凱撒精神依然存在，手法是在一個謹慎設計的場景中，凱撒的鬼魂短暫地出現在布魯托斯面前（見圖三），並告訴他：「你將會在腓立比（Philippi）[†]見到我。」《凱撒大帝》的結局場景描述了凱撒死後的鬼魂在戰場上的復仇，卡西烏斯錯誤地以為大勢已去，讓僕人品達魯斯（Pindarus）殺了他，而布魯托斯用自己的劍自盡時說道：

> 凱撒，安息吧。
> 我寧願殺死自己，當初也不願意殺死你。
> （5.5.50-1）

---

* 譯注：半劍（half-sword）是一種盛行於十四世紀和十六世紀的戰鬥技巧，藉由兩手分別握住劍柄（或劍尖）與劍中央，可以用不同的施力方式攻擊對手。

† 譯注：腓立比是凱撒死後羅馬內戰時期的重要戰役地點。

圖 3：凱撒的鬼魂出現在布魯托斯的帳篷中（*Julius Caesar*, 4.2），水彩筆和油墨畫，威廉．布雷克（William Blake，1806 年）繪製。（圖片出處與使用授權：© The Trustees of the British Museum）

安東尼和屋大維獲得了勝利，但《凱撒大帝》迎來了靜默的結局，安東尼向布魯托斯的屍體致意：

這是他們其中最高貴的羅馬人。
在所有的共謀者中，除了他之外
都是因為嫉妒偉大的凱撒。
而他為了誠實的思想
以及追求所有人的共善，才會成為他們的成員。
他的一生高貴，各種元素
在他身上如此平衡，自然世界都會起身
告訴全世界：「這是一個真正的男人。」

（5.5.67-74）

這是一段非常優美的言詞，讓人想起布魯托斯所說的：

我沒有任何個人原因想要傷害凱撒，

除了公共。

（2.1.11-12）

但是，我們還記得布魯托斯如何說服自己加入反叛軍，也許我們會認為自己比安東尼更了解布魯托斯。

第五章

《哈姆雷特》

Hamlet

每個人或多或少都讀過《哈姆雷特》，無論在英文或任何語言中，「生存或毀滅，這就是問題」（To be or not to be, that is the question）是全世界最常被引用的其中一句話。一位長相俊俏、身材健壯的年輕男人，看著一個人類頭骨的空洞眼窩；這分別是哈姆雷特和約里克——活著的年輕王子和死去的小丑，這個關於人類境遇的象徵被無限地重製（見圖四），而「丹麥的情況可能極為惡劣」（something is rotten in the state of Denmark）則經常用在與莎士比亞原作出處極為不同的情境。

更甚者，《哈姆雷特》的故事基礎在不同的媒介中，包括：電影、電視、歌劇、芭蕾舞，視覺藝術作品、滑稽模仿（travesty）與戲謔（burlesque）和漫畫等，經過了無數次的改編、重撰，以及重新想像，因而可能已經走入了許多人的內心，換言之，即便是沒有讀過或觀賞過《哈姆雷特》，甚至可能永遠不會接觸到該劇的人，多多少少都聽過「哈姆雷特」這四個字。

但是，究竟什麼是《哈姆雷特》？舉例而言，相較於《凱撒大帝》和《馬克

圖 4：哈姆雷特和約里克的頭顱，位於雅芳河畔史特拉福班克羅夫特公園（Bancroft Gardens）高爾紀念園區（Gower Memorial）。（圖片出處與使用授權：© Arena Photo UK / Shutterstock.com）

白》這兩部作品只有數種版本，而《哈姆雷特》的文字則有一種奇特的「流動彈性」。一六〇三年首次付梓的版本——也就是所謂的「劣質四開本」（the bad quarto）中只有大約兩千兩百行，而這個很有可能是對於莎士比亞作品的粗製濫造（「生存或是毀滅——沒錯，那就是重點」，哈姆雷特說道）；一六〇四年的第二個版本則有大約三千八百行，一六二三年的《第一對開本》則是減少了大約二百三十行，且缺少了哈姆雷特最後的獨白，但增加了大約七十行的新內容，同時在許多地方的口語表達也有所差異。各位在莎士比亞現代書籍讀到的版本，很有可能是採納早期三種版本的綜合文本，並包含了在舞臺表演中幾乎永遠都會被省略的段落。

一般來說，戲劇的「文本流動性」是戲劇藝術作品靈活度的衡量標準。舉例而言，比起繪畫或雕刻，戲劇通常更有彈性，而《哈姆雷特》比起大多數的戲劇作品，則是更為多變，也因而產生了更廣泛的詮釋空間。《哈姆雷特》每次上演時都是不同的作品，其差異程度不只是如同所有戲劇作品一樣是因為演員實際的體型、年齡，以及性格，舞臺和服裝的設計等，還有其他可能會影響從紙本轉變至舞臺的變數，而且「劇情」和「對話」本身都會有所不同。

《哈姆雷特》有許多不同的電影版本，而它們的內容大多是從任何一種印刷版本中「選取」部分的段落進行演繹。例如，義大利導演法蘭高・齊費里尼在一九九〇年與梅爾・吉勃遜（Mel Gibson）合作的刪減版本，由吉勃遜飾演王子哈姆雷特，時間長度大約是兩小時又十五分鐘，而齊費里尼和吉勃遜都增加了劇情並重新調整角色的演說內容；英國演員肯尼斯・布萊納（Kenneth Branagh）在一九九六年推出的作品則是採用完整內容，時間長達四個小時又二十分鐘（刪減版同時上映，展現了他們擔心完整文本對於某些觀眾來說可能太長）。雖然每個版本的基礎核心故事相同，都是哈姆雷特為了遭到謀殺的父親復仇，但是所有版本必定都會呈現大致上有著些許差異的敘事：有些版本完全省略了哈姆雷特父親被殺害的場景，甚至更動了原著故事中關於福丁布拉斯（Fortinbras）以及入侵丹麥的重要主線，並且在哈姆雷特死亡時倏然結束。這些發展都有助於解釋為什麼

《哈姆雷特》與其主要角色會受到如此多元廣泛的詮釋。話雖如此，只要我們閱讀或觀賞任何一部忠於原作的版本，就會發現《哈姆雷特》故事之中依然有些事物是恆久不變的。

「一個活著的人對著一個骷髏頭沉思」是《哈姆雷特》最令人熟悉的意象，而這個情況並非巧合。如果這部劇有一個最主要的主題，必定是「人如何應對死亡」。在《哈姆雷特》的開場，我們看見「已經死亡的國王鬼魂」——哈姆雷特的父親用恐怖的方式登場，在丹麥一座城堡的城垛中，於一群人面前現身，其中包括哈姆雷特的朋友何瑞修（Horatio）；這群人看不出哈姆雷特的父親有何目的，不過他們將所見的情況告訴哈姆雷特，並確信「雖然這個鬼魂不願對我們開口，但他會和哈姆雷特說話」。

隨後，在一個形成鮮明對比的正式宮廷場景中，哈姆雷特首次登場。他刻意穿著表達哀悼的黑色衣物，靜默地站著，而哈姆雷特父親的弟弟克勞迪厄斯（Claudius）談到自己的婚姻——他的結婚對象正是甫過世兄長留下的遺孀葛楚德（Gertrude）。克勞迪厄斯派出信使處理年輕的挪威王子福丁布拉斯對於丹麥王國造成的威脅，而他同意首席大臣波隆尼厄斯之子雷爾提斯（Laertes）離席時，刻意忽略了哈姆雷特。

當克勞迪厄斯和葛楚德終於開始注意到王子哈姆雷特的時候，他們責備哈姆雷特用了太久的時間悲悼父親之死，並拒絕讓他回到位於威登堡（Wittenberg）的大學。被獨自留在舞臺上的哈姆雷特，提出了這個角色知名的初次獨白，思考著如何實現自己的死亡：

> 哦，但願這個過於堅固的肉身能夠溶解，
> 融化吧，化為一滴露水，
> 或者是永恆的神並未設立
> 禁止屠戮自我的規儀！
>
> （1.2.129-32）

遇見那個鬼魂使哈姆雷特內心的悲傷加劇，鬼魂給了哈姆雷特一個使命，要

為「最違逆自然的惡劣謀殺」復仇。哈姆雷特誓言達成使命，而使命的艱鉅讓他瀕臨瘋狂，並且與他的女友奧菲莉亞發生了正面衝突；奧菲利亞將此事告訴她的父親波隆尼厄斯，

> 一個悲悽深沉的嘆息
> 似乎完全粉碎了哈姆雷特
> 並且終結他的生命。
> （2.1.95-97）

哈姆雷特的精神狀態讓宮廷中人和他自己本人感到驚訝不解：

> 近來，我已經失去了所有的樂趣——然而，我不知道原因，
> 遺忘了所有鍛鍊的習慣；這個情況已然嚴重地影響了
> 我的性格，讓這個美好的世界，這座大地，對我來說
> 似乎變成了貧瘠的海角。
> （2.2.297-301）

哈姆雷特如此告訴羅森克朗茲（Rosencrantz）以及古德史騰（Guildenstern），

這兩人都受命於國王和皇后，負責監視哈姆雷特。

當一群巡迴演出的劇團成員到訪赫爾辛格（Elsinore）時，哈姆雷特想要知道那個鬼魂的指控是否為事實，而他的方法就是說服劇團成員在向王室表演時插入一段情節——哈姆雷特希望這段情節可以讓克勞迪厄斯坦承自己的罪行。

當劇團主演開始生動地演繹一種虛構的痛楚時，哈姆雷特用一段獨白文字嚴厲地譴責自己，開頭為「哦，我竟是這種無賴與農奴」，責備自己沒有將真實的痛苦表達出來並進一步轉變為實際的復仇行動。但是，哈姆雷特無法同時遵守鬼魂的命令又忠於自我。對於哈姆雷特來說，殺死國王將會（而且必然會）為自己帶來死亡。作為痛苦的解脫，死亡這個想法縱然吸引他，哈姆雷特依然害怕死亡是「一座人跡罕至之地」，正如我們從哈姆雷特核心的沉思「生存或是毀滅……」所理解的，死亡是一個巨大的問號，而這個問號由「鬼魂」和「哈姆雷特對於死亡的所有質疑」象徵著。

在此之後，裝瘋賣傻的哈姆雷特本人很快就開始遭受「死亡」的攻擊。他殺死波隆尼厄斯只是出乎意料的偶然，甚至可以說是意外，因為當哈姆雷特在母親的房間裡將刀刺進窗簾、意外殺死波隆尼厄斯的時候，哈姆雷特其實陷入了一種對於母親再婚的厭惡，並強烈渴望讓母親可以產生羞愧自知的偏執狀態中。

哈姆雷特的態度經過刻意的描寫，與受害者的子嗣形成強烈的對比。波隆尼厄斯的女兒奧菲莉亞陷入一種真正的瘋狂，最終以幾乎是輕生的方式結束了生命。波隆尼厄斯的兒子雷爾提斯燃起一股復仇的烈火，正如哈姆雷特本人可能會有的感受（雖然這種類比是不完全成立的，因為哈姆雷特的情況不同於雷爾提斯，哈姆雷特並未立刻且直接地知道是誰殺害了他的父親，甚至不知道父親是遭到謀殺）。

在哈姆雷特並未出現在舞臺上的漫長時刻（根據故事的發展，此時的他在英格蘭），死亡及其影響依然持續主導著劇情走向，呈現在奧菲莉亞表面的輕生，以及國王和雷爾提斯計畫殺死哈姆雷特。哈姆雷特回來時，場景在一座墓園

（5.1），結合了該劇最放鬆的喜劇場景還有最令人深刻省思的訊息。該場景經過縝密的設計——觀眾才剛聽見葛楚德解釋奧菲莉亞如何溺斃，所以知道誰會被埋葬至墓園，而觀眾也會聽見和看見兩位工人幽默地用最符合現實的方式討論死亡。在死亡面前，萬物平等，唯有造墓人可以建構持續至世界末日的房子。哈姆雷特與何瑞修進場，一開始是「從遠方」走來，而哈姆雷特不曉得奧菲莉亞的死亡，冷漠地評論造墓人的使命本質與其工作方式之間的差異：「這個人難道對於自己的使命毫無感覺，竟然在造墓時歌唱？」

在該場的第二個舞臺，造墓人拿出了頭骨；在傳統上，頭骨是人類終將死亡的象徵，於是刺激了哈姆雷特，讓他諷刺地深思人類的虛榮浮幻。哈姆雷特不知道的祕密也稍微趨近了真相，掘墓人說他不是為了一個男人，也不是為了一個女人掘墓，而是「一個曾經是女人的人，先生，但願她的靈魂安息，她已經往生了」。造墓人提到哈姆雷特（哈姆雷特正在旁邊偷聽），「哈姆雷特已經瘋了，被送到英格蘭」，那裡不會發現他的瘋狂，因為「那裡的人和他一樣瘋狂」。

掘墓人認出其中一個頭骨是約里克時，我們看見哈姆雷特呈現稍早提到的姿勢。哈姆雷特明白了即使是最偉大的人類也終將如此，而莎士比亞在此也訴諸了曾經偉大的尤利烏斯．凱撒：

皇帝凱撒，死了化為塵土，
或許可以用於填補一個洞，用於阻擋風吹。
（5.1.208-9）

很快的，舞臺上開始進行葬禮。我們曉得被埋葬的是奧菲莉亞，但哈姆雷特至今依然不知道；當牧師透露逝者死於輕生，場上的情緒開始緊繃提高，而雷爾提斯說死者是他的妹妹，並詛咒正在看著他的哈姆雷特，接著他縱身跳入墳墓之中，悲痛的情緒就此爆發。雷爾提斯的悲痛行為有一種不受約束的直率情感——哈姆雷特希望自己聽見父親之死時，也可以有這樣的反應。接著，哈姆雷特也用極具戲劇效果的姿態縱身躍入墳墓之中，他終於能夠用一種承認情感、承認個人身分，以及承認君王身分的方式表達自我：

是誰的悲傷
如此強烈，誰的悲傷言語
喚醒了漫遊的星辰，使其佇立不前
就像漫遊的受傷聽者？是我，
丹麥人哈姆雷特。

（5.1.250-4）

這個場景已經從「掘墓人以事實角度看待死亡的態度」轉變至「一種深刻的表達」，亦即：關於一個人的生命價值和死亡所能造成的沉重痛楚。在這個場景之後，哈姆雷特可以告訴何瑞修，他將會認為自己擁有充分的正當理由殺死克勞迪厄斯，實際上，哈姆雷特甚至認為自己有殺死克勞迪厄斯的道德使命：

——難道最符合良知的行為
不是用這隻手終結他的生命嗎？難道這不應該受到譴責嗎，
如果讓克勞迪厄斯這個人類本質之中的腐敗之物
造就了更多邪惡？

（5.2.68-71）

這段文字明確地表達了，就算不是莎士比亞本人的信念，至少也是哈姆雷特相信為了撥亂反正，凡人可以殺人、哈姆雷特認為他是自己國家的外科醫師。哈姆雷特知道與雷爾提斯決鬥很有可能讓自己喪命，但他用一種明確的斯多葛主義來面對：

> 即便是麻雀之死，其中依然藏著天命。倘若我的死期是現在就不會是未來。如果我的死期不是未來，就會是現在。如果不是現在，我終究會死。萬全的準備就是一切。（5.2.165-8）

哈姆雷特終究達到了一種精神狀態，他知道雷爾提斯的劍會對他造成致命傷，因為國王命令雷爾提斯之劍必須上毒，為此，哈姆雷特認為自己可以義無反顧地殺死國王，如此一來，他不只可以替父親之死和母親之死復仇，他的行為也將為自己復仇。最後，哈姆雷特優雅地死去並展現了一絲幽默，在他斷氣沉默之前，他談到死亡是一位警官，「冷漠無情的執法者」想要「堅持逮捕他」。

在《哈姆雷特》中想要追尋單一的主題，正如我迄今為止的討論，無法充分地展現這個卓越文本的豐富內容，《哈姆雷特》證明了莎士比亞創作能力的大幅成長。在《哈姆雷特》中我們可以看見許多在維多利亞時代受到歡迎的劇場元素：鬼魂、喜歡說教的父親形象（波隆尼厄斯）、劇中劇、無聲劇（默劇）、對於時事的譏諷、驟死、追逐、用音樂呈現的瘋狂場景、「小丑」的喜劇表演、決鬥，以及最後的混亂死亡。儘管《哈姆雷特》的主要情節是悲劇，但莎士比亞藉由反諷（irony）、諷刺（satire）和譏諷（sarcasm），對於劇情保有了一些喜劇的觀點。這也難怪法國新古典主義評論家伏爾泰（Voltaire）對於《哈姆雷特》並未遵守所有悲劇規則感到震驚，他是如此評論《哈姆雷特》：

一部粗俗野蠻的作品，即使是法國和義大利最粗俗的民眾也無法接受。在這部作品中，哈姆雷特在第二幕陷入瘋狂，他的情人則是在第三幕發瘋；哈姆雷特王子殺了情人的父親，假裝自己只是想要殺一隻老鼠，女主角投河自盡。該劇在舞臺上掘墓，而掘墓人縱情於符合其身分的插科打諢，手中甚至拿著死者的頭骨。哈姆雷特王子用同樣令人厭惡的方式回應掘墓人的可憎低俗。與此同時，劇中的另外一個角色征服了波蘭。

《哈姆雷特》是一部奇特的傑作，而不像《錯中錯》、《羅密歐與茱麗葉》或《凱撒大帝》那樣是結構縝密的劇作。莎士比亞在《哈姆雷特》中的想像力早已「溢於所有衡量的方式」（o'erflows the measure，引用自《安東尼與克麗奧佩托拉》，莎士比亞在該作中展現了不亞於《哈姆雷特》的不羈）。在目前的舞臺表演慣例中，《哈姆雷特》通常會被刪減八百行左右的內容，而莎士比亞本人也不太可能認為他所撰寫的字字句句都會在一次舞臺表演中完整呈現。有些片段，例如，對於當時男孩劇團的時事譏諷（2.2.339-63）、哈姆雷特對於劇團演員和其劇本內容的建議（3.2）、哈姆雷特在墓園對於律師的諷刺，以及歐斯里克（Osric）的浮誇做作（5.2.112-30）都經常遭到刪減或省略。

莎士比亞以詩文和散文建立角色內在不同性格的技巧，過去曾經在《羅密歐與茱麗葉》展現最為出色的成果，到了《哈姆雷特》時則是駕輕就熟。這種技巧明確地表現在劇中鬼魂驚人的響亮言詞；表現在克勞迪厄斯於第一個宮廷場景中向哈姆雷特說話時的能言善道；表現在波隆尼厄斯向雷爾提斯的說教；表現在奧菲莉亞發瘋之後的破碎話語；掘墓人與其同伴的粗俗鄉村言語；以及歐斯里克在語言上的浮誇做作。哈姆雷特本人使用了範圍極為廣泛的詩文和散文，而以上的言詞顯然也屬於這個範圍。

哈姆雷特的性格如此敏感易變，任何風吹草動都會讓他產生反應，以致幾乎可以說他毫無自身性格，或者至少能夠認為他的性格處於一種持續的轉變流動，不停地想要尋找自己的身分認同，而或許，直到結局他在奧菲莉亞的屍體面前凜然面對雷爾提斯時，才終於達到了一種平衡。

在第一個宮廷場景，克勞迪厄斯用一種油嘴滑舌的獨白，聽起來就像事先安排好的內容，責備哈姆雷特陷入過度的哀悼：

重複陷溺在
無法控制的頑強哀悼是一種
不敬的頑固，一種不像男人的哀傷，
展現了一種幾乎不被天堂接受的意志，
一顆未加設防的心，一個急躁的心靈，
一種過於單純且沒有教養的理解；
……可憎啊，這是一種違逆天堂的過錯，
一種違逆死者的過錯，違逆自然的過錯，
對於理性來說，這是最荒謬的過錯，而理性的共同主題
正是理解父親之死，人類為此而哭，
從歷史上的第一個父親之死，到今日喪命的父親，
「必定是如此。」

（1.2.92-7, 1.2.101-6）

哈姆雷特被獨自留下時立刻說的話，似乎可以讓我們理解他內心的思考。在

此之前，莎士比亞最為接近的寫作風格則是茱麗葉的乳母回憶她所照顧的茱麗葉童年（1.3.18-59），但哈姆雷特的意識流語言模式展現了一種極高的智慧——這是一種無法跟上自身飛快奔騰的智慧，而不是缺乏心智的紀律：

天與地，
我必須記得嗎？可嘆啊，母親曾經如此緊緊地依附在父親身邊，
彷彿她對父親的依附因為
她依附著父親而增長，然而，在一個月之內——
別讓我想起：脆弱啊，你的名字就是女人——
只要一個月，就在那雙鞋子變得破舊之前，
她曾經穿著那雙鞋子，跟著父親可憐的屍體，
當時的她就像尼俄伯*，滿是淚水，為什麼她現在，她甚至——

* 譯注：Niobe希臘神話人物，她的十四個子女被阿波羅等殺死，丈夫自盡，於是尼俄伯流淚化為石頭，尼俄伯的名字也經常在文學中被用於表達流淚與悲傷。

哦，上帝啊，任何一隻想要探索理性的野獸
悲悼的時間都會比她更久！——她居然和我的叔叔結婚……

（1.2.142-51）

《哈姆雷特》在莎士比亞的時代獲得了前所未有的歡迎，特別是一位早期評論者說它是「更睿智的戲劇作品類型」，而且在經過了清教徒反對戲院的浪潮之後、戲院於一六四〇年代重新開幕時，縮減但認真改編的《哈姆雷特》依然在舞臺上獲得好評。

十八世紀由大衛．加雷克飾演主角的《哈姆雷特》獲得巨大的成功，但是到了他的職業生涯晚期，為了回應伏爾泰那種類型的新古典主義批判，加雷克大幅改變了他所說的「全是垃圾內容的第五幕」，甚至刪除了掘墓人角色。然而，到了十八世紀末期，感性時代（Age of Sensibility）和浪漫主義時期露出曙光時，《哈姆雷特》的原始劇本（幾乎永遠都會遭到刪減，而且是大幅刪減）開始在英格蘭展露價值，同時逐漸在海外取得成功。例如，德國劇作家歌德（Goethe）在一七九五年的小說作品《威廉．麥斯特》（*Wilhelm Meister*）中描述了一個瘦弱的人物過於敏感，使他無法承受加諸於身上的復仇責任。自此以後，《哈姆雷特》和其核心角色一直都是被大量詮釋的主題，到了一八七四年，英國諷刺作家威廉．吉伯特（W. S. Gilbert），在一篇名為《羅森克朗茲與吉爾登司騰已死》（*Rosencrantz and Guildenstern*）的短篇喜劇作品中，讓奧菲莉亞回應哈姆雷特是否發瘋時說：

有些人認為
在所有正常的人之中，他最正常——
有些人認為他真的正常，只是佯裝發瘋——
有些人認為他真的瘋了，只是佯裝正常——
有些人認為他終將發瘋，有些人認為他曾經發瘋，
有些人認為他不可能發瘋。但是整體來說——
——在我對於他們所言的理解範圍之內——

最受歡迎的理論大概是如此：

哈姆雷特有一種宛如白痴的正常

以及明確出現的間隔型精神異常。

在許多二十世紀以及往後的製作演出中，哈姆雷特都被視為反抗社會的原型人物，而《哈姆雷特》通常在翻譯版本和大幅度改編的形式中會被用於追求許多不同的政治目標。英國導演彼得．霍爾（Peter Hall）在一九六五曾經如此談論《哈姆雷特》：「《哈姆雷特》在每個世紀都會展現新的臉龐，甚至在每個十年都有不同的模樣。《哈姆雷特》是一面鏡子，讓每個思考《哈姆雷特》的時代都會獲得不同的回應。」

《哈姆雷特》是最具可塑性的文本之一，它能持續刺激觀影者的思考，而這也是觀賞戲劇的無窮樂趣泉源。

第六章

《奧賽羅》

Othello

和《羅密歐與茱麗葉》一樣，《奧賽羅》是一部關於愛情悲劇的創作，主角是兩個平民，但他們的人生不像泰特斯、哈姆雷特，以及馬克白，並未與民族的命運相連與共；又如《羅密歐與茱麗葉》，《奧賽羅》也是改編自義大利的傳說，是一個關於愛與嫉妒的散文愛情故事，由文藝復興時期的義大利作家傑拉迪・辛席歐（Giraldi Cinthio）創作，但莎士比亞將這個故事變得更為浪漫且高貴。不過在《奧賽羅》中並未平等地關注兩位戀人（《安東尼與克麗奧佩托拉》才是如此）——《奧賽羅》主要的關懷是男主角，同時這個悲劇故事的結局也不是因為厄運，而是因為針對摩爾人將軍奧賽羅的個人仇殺。奧賽羅在威尼斯服役，而仇殺奧賽羅的人是他的下屬軍官伊阿古；該劇的女角色黛絲狄蒙娜是悲劇的受害者，不是平等的伴侶（見圖五）。

內容緊密、節奏明快、充滿戲劇張力、情感強烈，在奧賽羅殺了黛絲狄蒙娜接著自盡之後，劇情攀升至非常有吸引力的悲劇結局。《奧賽羅》是一部非常成功的戲劇作品，其以對話形式寫成，有時甚至是非常生動的對話，充分展現了劇

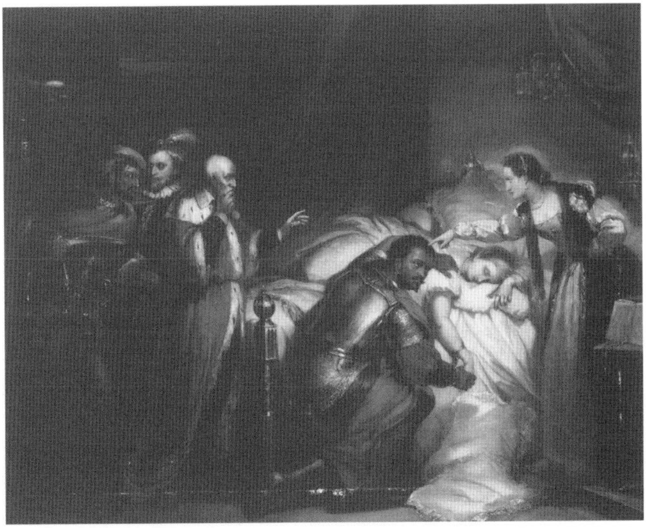

圖 5：黛絲狄蒙娜之死（*The Death of Desdemona*，約 1857 年），油畫，威廉‧史萊特（William Slater）繪製。（圖片出處與使用授權：By permission of the Folger Shakespeare Library〔FPa50〕）

作家莎士比亞高度的雄偉修辭能力。

《奧賽羅》在那個時代非常受到歡迎，也是斯圖亞特王朝（The House of Stuart）在一六六〇年復辟之後，率先獲得重新公演機會的莎士比亞劇作之一，更是成功抵擋了英國評論家湯馬斯．雷默（Thomas Rymer）於一六九三年提出的批判抨擊，不過雷默的批判也成為了寶貴的一課，讓後人明白將不適合的標準應用至藝術作品時會有何種危險。雷默刻薄地描述《奧賽羅》是一部「血腥的鬧劇」，也是「對於所有高雅女士的告誡，提醒她們不能在沒有父母的同意之下，與黑皮膚的摩爾人私奔」。提到黛絲狄蒙娜遺失手帕的劇情內容時，雷默則是將該劇簡化描述為「對於所有好妻子的警告，要求她們必須留意自己的亞麻布手帕」。雷默的種族歧視評論主張，「在我們的社會，一位摩爾人應該會迎娶褐色皮膚或煤炭色皮膚的小姑娘」，更是預示後來出現的反對，反對將一位黑人描述為悲劇英雄的合適性。

雷默將《奧賽羅》描述為「血腥鬧劇」這種令人震驚的說法，其實承襲自新古典主義的觀點，其認為喜劇元素不適合用於悲劇，也反應他們對於莎士比亞如何看待不同戲劇類型的態度有著完全的誤解。《奧賽羅》中確實有強烈的喜劇元素，不過對於有同理心的觀眾來說，悲劇和喜劇的元素都可以增加該劇的戲劇吸引力並擴展情感的範疇。

除了《馴悍記》（*The Taming of the Shrew*），在莎士比亞的作品中，《奧賽羅》最能夠呈現兩位核心角色的風趣機智之爭，分別是理性主義者伊阿古，他通常用散文方式說話，以及浪漫主義者奧賽羅，他天生的說話方式是詩文，但在伊阿古的不良影響之下，奧賽羅先是沉淪至使用散文，後來更是變成語意不連貫的胡言亂語。黛絲狄蒙娜以及伊阿古的妻子艾蜜莉亞（Emilia）則是在其中遭到摧毀的無辜受害者。

種族一直都是《奧賽羅》個人衝突故事的重要議題。該劇首次付梓（時間為一六二二年，大約是劇本完成的二十年之後）時，其完整的劇名《威尼斯的摩爾人——奧賽羅之悲劇》（*The Tragedy of Othello, the Moor of Venice*）已經告訴我們這是一部關於一個黑人在充滿異國風情的社會中身為一位局外人的悲劇。然而「悲劇」的元素其實是一個驚喜；這個字暗示著至少有某種程度的同情，而那個時代的戲劇觀眾還不習慣被要求同情黑人；《泰特斯・安特洛尼特斯》中的摩爾人亞倫曾說：「如果我的一生曾經做過一件好事／我將從靈魂深處感到懊悔」（5.3.188-9），其實是當時看待黑人時更為典型的觀點。教會牆壁上的惡魔被畫為黑色，奧賽羅聽見黛絲狄蒙娜否認他殺了她時，想起了教會牆壁的惡魔，在一種極度悔恨的強烈痛苦之中，他說：「她是一個必須前往煉獄的騙子」，而黛絲狄蒙娜的女僕艾蜜莉亞對此的回應是：「黛絲狄蒙娜愈像天使，你就愈像黑色的惡魔！」（5.2.138-40）

莎士比亞非常強調膚色問題，當時的第一群觀眾看見演員理查・伯比奇（Richard Burbage）化了黑色的妝，很有可能就會先入為主地相信伊阿古在開場向奧賽羅所說的，關於性的輕蔑話語：「黑色的老公羊」、「北非巴貝瑞之馬」（Barbary horse）以及「淫蕩的摩爾人」等。劇中的角色也用貶抑的口吻稱呼奧賽羅的種族：伊阿古說奧賽羅是「厚嘴唇」，柏拉班修（Brabanzio）——黛絲狄蒙娜的父親則是提到奧賽羅的烏黑胸膛，而奧賽羅本人，在伊阿古指控黛絲狄蒙娜之後則是擔憂「我的名字，原是如此清澈／正如黛安娜的臉龐，現在滿是髒汙且黑暗／就像我的臉」（3. 3. 391-3）。

往後的時代也同意湯馬斯・雷默提出的一些種族偏見，並讓這些偏見影響了舞臺上的表現。英國作家查爾斯・蘭伯（Charles Lamb）發現，觀賞《奧賽羅》演出的觀眾必然會「認為在法庭場景以及奧賽羅和黛絲狄蒙娜結婚的場景中，有一些令人感到厭惡的事物」；英國詩人山繆・科勒律治（Samuel Coleridge）則是主張「認為美麗的威尼斯女孩愛上一位名符其實的黑鬼，是一種駭人聽聞的想法」；而史上第一位飾演奧賽羅的黑人演員艾拉・艾爾德里奇（Ira Aldridge）因為膚色關係遭到美國劇場界的實質放逐，儘管在一八三二年於倫敦西區的柯芬園（Covent Garden）成功演出，卻被媒體誹謗為「可悲的黑鬼」、「惡劣的暴發戶」且「即將玷污舞臺」。偉大的黑人歌手演員保羅・羅伯遜（Paul Robeson）

在一九三〇年的倫敦飾演奧賽羅時，同樣要面對來自種族歧視的反對批評。

到了更為近代，情況已經出現了完全的反轉，反轉程度甚至導致表演能力不錯的白人演員無法獲得演出奧賽羅一角的機會。從社會的角度來說確實可以理解，但這種情況可能會扼殺了莎士比亞戲劇中蘊藏的自我意識之象徵意義。畢安卡（Bianca）是劇中卡西歐（Cassio）的情婦，而這個名字的意思就是「白」，莎士比亞經常利用連結外表與內在特質的矛盾手法，例如，黑色的皮膚與內在的邪惡，如果觀眾知道演員本身的膚色不是黑色，這種手法會更為成功有效。「我在奧賽羅的心中看見他的面容」，黛絲狄蒙娜如此捍衛自己選擇的夫婿，而威尼斯公爵支持她，公爵告訴黛絲狄蒙娜憤恨不平的父親：

親愛的先生，
如果美德是無暇的美麗，
您的女婿遠比黑色更為美麗。
（1.3.288-90）

在伊阿古與黛絲狄蒙娜的愚蠢追求者羅德里格（Roderigo）的開場對話中，可以明確地知道伊阿古的惡意和邪惡。他坦率地承認自己確實追隨奧賽羅，而他憎恨奧賽羅「正如我厭惡地獄的痛苦」，他追隨奧賽羅只是為了有朝一日可以「對他報復」並且「為了我的目標而假裝愛與責任」。我們很快就會知道伊阿古對於奧賽羅的憎恨，主要來自於奧賽羅選擇卡西歐而不是伊阿古來擔任他的尉官。

羅德里格也加入了伊阿古的行列，開始對奧賽羅發出種族和性方面的誹謗，他認為黛絲狄蒙娜與一位「淫蕩的摩爾人」私奔。但是奧賽羅登場之後，莎士比亞立刻開始推翻觀眾可能對於這位黑人英雄產生的偏見。奧賽羅用一種冷靜且有尊嚴的方式回應了柏拉班修指控他只是藉由黑魔法贏得黛絲狄蒙娜的芳心。柏拉班修在威尼斯公爵以及元老院面前再度提出這些指控時，莎士比亞也讓奧賽羅提出一段冷靜且有尊嚴的自我辯護演說：

> 而我確實迎娶了這位老者的女兒，

千真萬確，我確實娶了她。
我最主要而且最大的罪行
就是如此，僅此而已。

（1.3.78-81）

奧賽羅提到他在追求黛絲狄蒙娜的時候，是如何向她闡述自己充滿英雄情懷的浪漫過去：

在洪水與田野之中的驚險意外，
在千鈞一髮之際逃離了死亡，
被傲慢無恥的敵人俘虜
並且被賣為奴隸……

（1.3.134-7）

奧賽羅也告訴黛絲狄蒙娜：

吞食彼此的食人者，
他們是食人族（Anthropophagi），那些男人的頭顱長在肩膀之下。

（1.3.142-4）

奧賽羅只是在和黛絲狄蒙娜開玩笑嗎？還是他確實認為自己看見了這些事物？他的驚奇傳說可能會讓我們早早意識到「輕信他人」將會是他衰亡的原因，而這讓他對於手帕產生了一種迷思般的重要性。那是他送給黛絲狄蒙娜的第一個禮物，「在手帕的編織中有一種魔力」，而伊阿古又讓奧賽羅相信黛絲狄蒙娜不加思索地將手帕送給了卡西歐，於是這個事件成為了一種象徵，奧賽羅對於黛絲狄蒙娜的愛被伊阿古的謊言和操弄給毀滅了。

如空氣般輕盈的瑣事
在嫉妒者的心中是強烈的確證
宛如聖經的證據

（3.3.326-8）

伊阿古對於奧賽羅的憎恨是惡名昭彰的空洞模糊，且有著不同的動機。科勒律治有一個著名的說法，提到伊阿古「沒有動機的惡意」，但事實上，除了嫉妒羅德里格升官之外，伊阿古還提出了許多理由。伊阿古曾說他愛著黛絲狄蒙娜，他也懷疑奧賽羅與妻子艾蜜莉亞有染。但是，伊阿古還有一股純粹的邪惡，增加伊阿古作為一位戲劇角色的魅力，彷彿莎士比亞想要告訴我們，在異常的心靈狀態之中尋找正常的目的只是徒勞無功。伊阿古是一位精神變態，一位完美的演員，在劇中的每個人面前（包括奧賽羅），直到其邪惡終究暴露之前，他都是「誠實的」伊阿古。

在伊阿古身上，莎士比亞用一種絕望的方式揭露了理性的限制。正如《李爾王》中的愛德蒙（Edmond），伊阿古能夠理性思考，可以如我們所說的「合理」，藉此欺騙比他更為聰明的人。對於伊阿古來說，愛沒有意義；他將愛簡化為只有性，他告訴羅德里格，愛「只是血液中的欲望以及意志的放縱」，只要黛絲狄蒙娜「厭倦」奧賽羅的身體之後，她就會準備好迎接更年輕的情人。奧賽羅「自由且開放的特質」使其認為「人都是誠實的，但人只有表面是誠實的」；除了我們（也就是觀眾），伊阿古對於全世界來說都是誠實的。不過在獨白之中，伊阿古放下了面具：

那個摩爾人有一種自由且開放的特質，
他認為人都是誠實的，但人只有表面是誠實的，
他會溫馴地被牽著鼻子走
正如驢子一般。

（1.3.391-4）

伊阿古也在一瞬間孕育了他的計謀：

我有了想法。這個想法已經誕生了。地獄和黑夜
將會讓這個可怕的想法誕生於這個世界。

（1.3.395-6）

伊阿古向觀眾坦承，代表我們會有一種與伊阿古共謀的可怕感受，彷彿我們都會和他一樣容易採取行動。伊阿古牽著奧賽羅的鼻子走，也讓我們參與了多數的旅程，且在崇拜伊阿古操弄奧賽羅情緒的精湛技巧時，很有可能目眩神迷地陷入了失去自我道德標準的危險中。伊阿古宣稱其意圖之後，就是偉大的「引誘

場景」（temptation scene; 3.3），讓奧賽羅從一位「易感的人」轉變為「一頭野獸」：

這個誠實的傻子（卡西歐）
努力地央求黛絲狄蒙娜拯救他的不幸，
而黛絲狄蒙娜為了卡西歐向摩爾人求情時，
我將會把宛如瘟疫的想法灌輸到摩爾人的耳中：
黛絲狄蒙娜為了肉體的欲望而背叛了摩爾人，
現在黛絲狄蒙娜為了卡西歐而多努力求情
就會讓黛絲狄蒙娜失去多少奧賽羅的信任。（2.3.344-50）

莎士比亞並沒有想要讓觀眾保持懸念：我們知道之後可能的發展，作為戲劇的觀眾，我們的樂趣就是能夠親眼目睹。這是一種獨特的引誘場景——伊阿古剝離了奧賽羅對於黛絲狄蒙娜的情感，讓奧賽羅將這些情感投射在伊阿古身上，於是在這個過程的某個情節裡奧賽羅甚至告訴伊阿古：「我將與你同在，永遠如此」（3.3.217）；當這個場景結束時，奧賽羅和伊阿古雙雙下跪，以一種糟糕的方式粗糙地模仿了宗教儀式——奧賽羅發誓必定會復仇，而伊阿古承諾全力幫助奧賽羅，並且說「我將是你的人，永遠如此」。

愛的羈絆被打破之後，動搖了奧賽羅生命的根基，引發他說出一段極為痛苦的獨白，他向自己熟悉的生命道別：

再會了，純淨的心靈，再會了，心滿意足，
再會了，羽飾齊全的軍隊以及大戰爭
讓野心成為美德的大戰爭！

（3.3.353-5）

從此之後，奧賽羅沉淪至胡言亂語，例如「呸！鼻子、耳朵，還有嘴唇！可能嗎？懺悔？手帕？哦，惡魔！」在肢體上，原本是一位英姿挺拔的威嚴指揮官甚至突然倒下，讓伊阿古為此沾沾自喜。在該場景稍早的片段，奧賽羅曾經如此提到黛絲狄蒙娜：

永劫的滅亡已經捕捉了我的靈魂
但我確實愛妳，當我不再愛妳，
混沌將再度到來。

（3.3.91-93）

劇情至此，混沌已然到來，混沌必會到來。

《奧賽羅》劇中只有三位女性角色，很容易就能對於她們做出道德評斷。畢安卡顯然與卡西歐之間有一種情慾的關係，伊阿古貶抑畢安卡是「一位輕浮的女子，藉由販賣自己的欲望／藉此購買麵包和衣裳」，暗示畢安卡無異於一位娼妓。艾蜜莉亞是一位令人尊重的妻子，而她也批評畢安卡是一位妓女。這種觀點似乎無法相容於伊阿古曾說卡西歐的「生命裡有一種日常可見的美麗」，但畢安卡確實是《奧賽羅》劇中最沒有美德的女人。

在道德評斷上，艾蜜莉亞的地位較高，但她不是一位天使。《奧賽羅》中有一段觸動人心的場景（4.3）：奧賽羅相信黛絲狄蒙娜的不忠，於是用對待妓院娼妓的方式對待黛絲狄蒙娜之後，黛絲狄蒙娜唱著一首縈繞在她心頭的「柳樹之歌」，而艾蜜莉亞協助她整理床鋪。歌中那個「可憐的靈魂」說她的「愛人是虛假的愛」，而她的愛人則是毫無顧忌地回擊道：「如果我向更多女人求愛，妳就會與更多男人同床共枕。」黛絲狄蒙娜不相信女人應該「如此對待她們的丈夫／不該有這種下流的行為」；即使「用全世界來換」，她也不會這麼做，但艾蜜莉亞對此採用一種更為實際的態度：

> 沒錯，我確實不會為了一枚戒指這麼做，我也不會為了幾塊土地、華麗的衣裳和襯裙，或者帽子與任何漂亮的裝飾品這麼做；但是，用全世界來換？看在上帝的份上，如果可以讓自己的丈夫成王，誰不會讓他戴綠帽呢？我甚至願意為此冒著被打入煉獄的危險。（4.3.71-6）

女人也有「情感，想尋歡作樂；也很脆弱，就像男人」，如果男人受到誘惑而出軌，也只能接受自己的妻子有同樣的行為。但是，黛絲狄蒙娜頑固地堅持她絕對不會效法這種壞榜樣。莎士比亞讓我們絕對不會懷疑黛絲狄蒙娜的道德正直。雖然艾蜜莉亞的原則理想程度比不上她的女主人，但在最後一個場景，她展現了道德上的偉大：她熱烈地捍衛黛絲狄蒙娜，譴責伊阿古，並且下定決心和女主人共存亡。

奧賽羅從伊阿古的嘲諷所造成的不適恢復之後，他認為自己是一個已經變成野獸的男人：「一個戴角的男人」（在當時的傳統，戴角的男人與戴綠帽有關）就是「一隻怪物和一隻野獸」（4.1.60）。奧賽羅受到伊阿古影響，最終導致他悶死了黛絲狄蒙娜，而這確實是怪物和野獸的行徑。但是，奧賽羅相信自己的目的是正當的。他重拾演說時的莊嚴，對著黛絲狄蒙娜外表的雪白肌膚哀悼，「宛如雪花膏雕像般光滑」，沉醉在她「芬芳的氣息，幾乎可以讓正義女神放下手中的劍」，奧賽羅認為自己殺死黛絲狄蒙娜的動機是「犧牲」不是謀殺。悶死黛絲狄蒙娜之後，即使還不知道她是無辜的，奧賽羅依然對於自己的行為感到害怕：

哦，這是無法忍受的，哦，這是沉重的時刻！

我以為到了現在應該會有龐大的日蝕

和月蝕，而驚恐的大地

將會因為發生的事情而破裂。

（5.2.107-10）

奧賽羅得知自己遭到伊阿古的欺騙之後，強烈的悔恨使其產生一種令人畏懼的煉獄之苦，就像教會在描繪地獄的模樣：

鞭笞我，惡魔啊，

直到我再也無法看見此種景色，

用狂風吹襲我，用硫磺焚燒我，

用萬丈深淵的液火沖刷我！

（5.2.284-287）

在最後一次的漫長演說中，奧賽羅找回了在劇情早期向威尼斯參議院說話時的莊嚴權威。他希望人們記得他是：

……一個不知道如何睿智地愛人，而是過於愛人的人

……一個不會輕易嫉妒，但是遭到操弄，

陷入了極端的嫉妒，而迷茫的人；

（5.2.353-5）

但是，這段演說也是一段自我譴責的演說，其高潮終結之處在於奧賽羅拿出一把事先藏好的武器，接著，在強烈的舞臺效果動作之中自縊。奧賽羅的自縊是否救贖了他？並非每個人都有這種想法。在該劇的終結時刻，奧賽羅曾經被指控是自我欺騙和自我戲劇化。但是，卡西歐向他致敬：「他有一顆勇敢的心。」所有人都譴責被判重刑的伊阿古，他看著「這張床上的悲劇結局」，保持堅決的靜默。

雖然對於種族議題的態度變遷，在社會大眾看待《奧賽羅》的歷史以及該劇的舞臺設置中扮演了重要的角色，但是《奧賽羅》依然在劇場表演項目中保有一席之地，也創造眾多的衍生作品。例如，義大利作曲家羅西尼（Rossini）為此創作了一部歌劇，義大利作曲家威爾第（Verdi）後來更是創作了巨作《奧特羅》（*Otello*），還有芭蕾舞、管弦樂，以及電影。其中，有些作品承襲在劇場作演出，例如勞倫斯·奧利佛在一九六五年主演的作品，還有崔佛·農恩（Trevor

Numn）於一九八九年在皇家莎士比亞劇團的工作室劇場推出的版本，劇場名稱為「他處」（The Other Place），由威拉德·懷特（Willard White）飾演奧賽羅，伊恩·麥克連（Ian McKellen）飾演伊阿古。另外，以工作室攝影棚作為基礎的電影作品還有歐森·威爾斯於一九五二年主演的作品，以及一九九五年由勞倫斯·費許朋（Laurence Fishburne）飾演奧賽羅、肯尼斯·布萊納飾演伊阿古的作品。

由於《奧賽羅》著重於社會體制中的人性，代表其內容很容易與時並進：農恩的作品讓人想起十九世紀中葉的美國，英國皇家劇院在二〇一一年推出的版本由羅里·金里爾（Rory Kinnear）飾演伊阿古，亞德理安·雷斯特（Adrian Lester）飾演奧賽羅，則是將眾多劇情設定在一座現代軍營；甚至還有一部搖滾音樂劇《奧賽羅，請抓住我的靈魂》（*Othello, Catch my Soul*；一九六八年）。

第七章

《馬克白》

Macbeth

憐憫，就像赤裸的新生嬰兒，
乘著狂風，或像天堂的胖娃娃天使，騎著如馬一般
看不見的空之信使，
將可怕的惡行吹進每個人的眼中
淚水將隨風落下。

（《馬克白》，1.7, 21-5；見圖六）

「隨著狂雷和閃電，三位女巫到來。」我們置身在蘇格蘭某地的枯萎荒原（或者，我們只是進入了自己的想像？）那裡有三位「凋零枯萎」且「衣著狂野」的女巫（我們後來得知），她們與熟悉的精靈親密地交談，精靈的名字分別是帕德克（Paddock，意為青蛙或蟾蜍）以及格里梅爾金（Grimalkin，意思是灰貓）；她們看起來像女人，卻長著鬍鬚；一場戰役即將開始；女巫們認為自己很快就會遇見一位名為馬克白的人；她們說著——或唱著——顛倒與混沌（topsy-turvydom）——「對是錯，錯是對」；在幾秒鐘之內，伴隨著三次充滿邪惡氣息的震撼，在另外一次的雷鳴閃電之中，她們迅速地消失了，就像她們迅速地出現一樣。

圖6：「憐憫，就像赤裸的新生嬰兒。」威廉・布雷克（William Blake）繪製，約1795年。（圖片出處與使用授權：© The Art Archive / Tate Gallery London / Eileen Tweedy）

從開場我們就可以知道，《馬克白》顯然不是關於凡夫俗子的日常生活記錄。隨著故事的進展，我們看見一個人對著一個其實不存在的匕首說話；一位女人呼喚精靈讓她「失去女性特質」；我們聽見馬開始吞食彼此；我們看見鬼魂兩次出現在國宴之上；女巫再度出現，她們在鍋爐旁跳舞，將各式各樣的可怕物體丟入鍋爐，吟唱著：「雙倍，雙倍，辛勞與麻煩，／火焰焚燒，鍋爐沸騰」，而她們喚出了詭異的幻靈，並且「顯現了八位王者」；演員假裝是軍隊，劇中的軍隊假裝他們是一座森林；最後則是國王人頭的仿製品插在長槍的尾端。

《馬克白》之所以契合於那個時代，不只是使用了超自然的元素，也不只是與那個時代的戲院有關的習俗，例如：演員以詩文方式說話、獨白、旁白、女巫、鬼魂、默劇，以及被切下的頭顱。《馬克白》在一六〇六年首次公演時，它的主題高度反應了時事。當時的英王詹姆斯一世是公演劇團的贊助人（因此這個劇團被稱為「國王的劇團」），而他也曾經是蘇格蘭王詹姆斯六世，在一六〇三年時才成為英王。詹姆斯一世對巫術有濃厚的個人興趣，他是書籍《魔鬼學》（*Demonology*）

的作者——該書在一五九七年出版，並且在一六〇三年再版。由此可見他確實相信巫術的存在，也是因為某些自以為擁有超自然能力的人，曾經將詹姆斯一世視為攻擊目標，而詹姆斯一世本人參與了審判，那些審判導致某些被以為是女巫的人們遭到處刑，其中一些人後來被證明是無辜的——即使為時已晚。

除此之外，一部關於謀殺蘇格蘭王（鄧肯〔Duncan〕）的劇作，在一六〇五年的「火藥陰謀」（Gunpowder Plot）的餘波中更顯切題。在這部劇中，其陰謀的目標不只是刺殺英王詹姆斯一世以及他的家族成員，還要攻擊整個國會，且在劇中「門房」一角在討論模擬兩可的時候也被間接地提到——模擬兩可是羅馬祕密天主教徒使用的一種技巧，亦即談論某個事物的時候，其實是在指涉另外一個事物。

馬克白在談到英王詹姆斯的臺詞時，甚至更為直接；馬克白提到「拿著兩個球與三個權杖」的王，暗示英王詹姆斯一世統一了英格蘭和蘇格蘭王國，而當「三個女巫在馬克白面前召喚了八個英王」（4.1.128-40）這個場景在宮廷中於英王面前演出時，就會有非常特殊的重要性（在現代演出中通常會被省略）。從編劇內容和主題來看，《馬克白》是莎士比亞作品中最為明顯切合時事的，因此，從現代眼光來說，也是最為過時的作品。

《馬克白》首次付梓印刷是在一六二三年的《對開本》，也是莎士比亞最簡短的悲劇。我們現在看到的文本據信是由湯馬斯・米德頓改編（米德頓和莎士比亞曾共同創作《雅典的泰門》〔*Timon of Athens*〕），而他可能縮短原始的劇本，並加入了一些片段，例如，巫術與夜的女神黑卡蒂（Hecate）出現在三位女巫面前，因為在這些場景中，必須表演曾經出現在米德頓劇作《女巫》（*The Witch*）的兩首歌曲。《對開本》只有提到兩首歌曲的開場，而牛津出版的《威廉・莎士比亞全集》（*William Shakespeare: The Complete Works*）則是記載了完整的歌曲。

雖然《馬克白》非常契合那個時代（在莎士比亞的作品中，或許是最有這種特質者），不過《馬克白》在舞臺上與電影中，直到今日也一直都很受到歡迎——無論是原著內容或者改編版本，通常都會在學校和大學中受到鑽研。即使是年幼的孩子也能夠喜歡女巫那種如夢似幻的詭異特質。《馬克白》發揮了一種充滿想像力的吸引力，超越了其時事性。我們可能會因為心智的理性否認該劇的基礎假設，認為人們的行為不可能符合劇中人物，然而，《馬克白》在潛意識層次的想像力中發揮作用，訴諸我們的感官，正如哈姆雷特在一部同樣利用超自然元素的戲劇中曾說，「天地之間的事物遠遠多過於我們在哲學中夢見的」。畢竟，或許有些人確實擁有洞悉未來的天賦，而且能夠死而復生；正如馬克白說的，「過去的人認為石頭能夠移動，樹也可以說話」（3.4.121-2）。

《馬克白》的故事基礎取自於霍林斯赫德的《編年史》（*Croniles*），這是莎士比亞最喜歡的原著書籍之一，而《馬克白》的故事也可以視為一部粗糙通俗劇的基礎，因為它完全缺乏人類的現實感。讓《馬克白》偉大的原因是莎士比亞藉由他的寫作能力賦予了核心角色的心理現實，以及莎士比亞對於核心角色最為內在存有的想像理解。正如林布蘭（Rembrandt）的一幅偉大畫作，次要角色的個別性被抽出，將所有的強調重點放在核心角色。舉例而言，《馬克白》中的鄧肯只是一個象徵，而不是對於理想國王的描繪。班科之所以重要，原因是他和馬克白受到相同的誘惑，但班科能夠拒絕。他告訴馬克白，他也曾經夢見女巫：

昨天夜裡我夢見了那些詭異的女巫姊妹。

她們向你展現了某些真實。

馬克白的回應顯示了他不確定自己能夠和班科坦承到何種程度：

我並未想著那些女巫；

然而，如果我們有一個小時的空閒時間，

我們確實可以稍微討論此事

只要你願意

班科同意了，於是馬克白想要更進一步：

如果時間到了，你願意支持我的決定，

將會為你帶來更多的榮譽。

但班科現在退縮了：

只要我不會

因為你的目標而失去榮譽，而且可以維持

我的胸懷自由而且忠誠，

我就願意支持你。

（2.1.19-28）

這是一段充滿心理細節的對話，班科向馬克白和我們表達了他對於女巫誘惑的無動於衷，且實際上並未受到誘惑。對於馬克白來說，班科成為了一種良知的體現。

莎士比亞在描繪重要性較低的角色時，展現了一種明確、細緻、富有心理洞察力的制式化風格，這一點充分展現在他引領我們進入馬克白與其妻子內在世界的時刻。兩人的內在邪惡，持續地表現在壓抑自然感受。在一次強烈的祈願中，馬克白夫人強烈地想要壓抑其女性特質：

過來吧，精靈
照顧凡人思緒的精靈啊，消除我的性別吧，
讓我從頭到腳都充滿可怕殘忍。讓我的血液變得濃稠，
阻斷我感受與走向悔恨自責的道路
不要讓大自然的任何悔恨，
動搖我的邪惡目標，讓我的目標和行動之間
沒有任何和平。精靈啊，來到我的女性胸脯，
將我的乳水變為毒膽，你們是謀殺的執行官，
無論你們無形的實體存在於何處
你們等候自然世界的惡行。來吧，深邃的夜，
讓地獄最深邃的煙霧壟罩一切，
使我鋒利的匕首不會看見它所切割的傷口
也讓天堂無法窺見漆黑的掩蓋，
不能大喊「住手，住手！」

（1.5.39-53）

在另一方面，馬克白則是完全放任自己的想像力奔馳，幾乎就要勝過其邪惡的野心：

這位鄧肯王
培養了如此謙遜的能力，位居
高位，也是如此清澈，而他的美德
足以吸引天使，天使的聲音猶如號角，天使
將深刻地反對奪走鄧肯的性命；
而憐憫，就像赤裸的新生嬰兒，
乘著狂風，或像天堂的胖娃娃天使，騎著如馬一般
看不見的空之信使，
將可怕的惡行吹進每個人的眼中
淚水將隨風落下。我沒有動機
刺激我的目標，唯有

躍動的野心，跳過了其自身
墜落在另外一端。

（1.7.16-28）

在謀殺鄧肯王之前，馬克白和馬克白夫人之間有明確的對比，但是隨著劇情發展，兩人的角色互換。馬克白夫人的想像力開始發揮作用。他們都曾經要求夜色掩飾其惡行，並且發現馬克白「已經殺死了睡眠」（2.2.40）。他們開始出現可怕的夢境；他們將白晝變為黑夜，但現在他們的黑夜已經無異於白晝。她希望將「恐懼視為無足輕重」（*All's Well That Ends Well*, 2.3.2），但她應該讓自己屈服於對於未知的恐懼；但是，當她的想像力開始發揮作用，其「表面上應有的知識」卻輸給了夢遊場景的可怕問題，而那些問題非比尋常地預示佛洛伊德心理學的理論——她在清醒時努力壓抑的潛意識恐懼，在睡夢中被釋放了。她曾經以為「用少許水就能夠清洗我們的行為」；現在，她發現「即使所有的阿拉伯香水都無法讓這隻小手變得芬香」。

相形之下，我們在馬克白身上看見想像力的緩慢死亡。馬克白想像自己預謀殺害鄧肯王的結果時，曾是如此害怕，幾乎就要放棄這個陰謀。持續累積的邪惡創造了純粹的刺激，將馬克白推向逐漸變得更為嚴重的犯罪計畫。

我已身陷血海
我已走得太遠，即使我不想繼續辛苦跋涉
回首與前行同樣令人厭煩。

（3.4.135-7）

從親手殺害鄧肯王開始，馬克白開始沉淪，他聘僱職業殺手殺死班科、殺害麥克德夫夫人（Lady Macduff）和其子（殺害一個孩子象徵了最極端的罪行）。馬克白在幕後操控一切，就像按下發射遠距離核子武器的政治人物。馬克白在做這些更為惡劣的罪行時，完全沒有他在沉思謀殺鄧肯王時感受的邪惡自知：

我將突襲麥克德夫的城堡，
奪取法夫（Fife）城，用這把劍的尖端
刺死他的妻子，他的孩子，以及所有不幸的靈魂
只要他們屬於麥克德夫的血脈。

（4.1.166-9）

但至少馬克白願意承認那些人是「不幸的」。他也表達了一種內在絕望：

我已活得夠久，我的生命
墜落至枯萎衰黃之葉，
年邁時應有的，
榮譽、愛、服從，成群的友人，
我已無法期盼，取而代之的，
是詛咒，發自內心但無法響亮的詛咒，還有表面的恭維
悲苦的心靈必然會否認，但沒有勇氣否認的恭維。（5.3.24-30）

馬克白對此已然麻木。「我已經幾乎遺忘了淚水的滋味。」馬克白聽見妻子的死訊時，他的反應並非表達個人的哀痛，而是更為接近否認人類所有的情感：

她終將在此後死亡。
未來必定有一個時刻迎接死亡這個字。
明日，明日，又明日

日復一日，用這種瑣碎的步伐悄悄地前行
直到時間歷史的最後一個音節，
而我們所有的昨日都點亮了愚人
通往灰暗死亡的道路。熄滅吧，消失吧，短暫消逝的蠟燭。
生命只不過是一個行走的陰影，一位可憐的演員
將自己的時辰耗盡於舞臺上的趾高氣昂和悲愁苦惱，
但再也無人聞問。那是一個傳說
由一位傻人述說，滿是聲音與憤怒，
卻沒有任何意義。

（5.5.16-27）

雖然《馬克白》是一部歷史悲劇，也是一部寓言，卻很容易連結至不同人類生活的相異領域。充滿野心的人捨棄良知的顧慮，只為了完成自己的野心，有相同野心的人幫助他們，這種情況出現在所有時代的所有社會，因此，很容易就可以在不同的時代和社會重新想像《馬克白》的基本故事。

《馬克白》有許多精緻的電影和電視作品，例如，歐森．威爾斯於一九四八年的作品；羅曼．波蘭斯基（Roman Polanski）在一九七一年的電影作品；崔佛．農恩在一九七六年推出的室內攝影棚製作，由伊恩．麥克連和茱蒂．丹契（Judi Dench）主演；格雷戈里．多蘭在二〇〇一年於皇家莎士比亞劇團的版本，由安東尼．謝爾（Antony Sher）和哈莉葉特．華特（Harriet Walter）主演；麥可．法斯賓達（Michael Fassbender）在二〇一五年主演的版本則是合理地趨近於原著的文本和背景設定。

但是，也有徹底改編的版本，例如，電影《喬伊．馬克白》（*Joe Macbeth*；一九五五年），劇情設定是芝加哥的幫派戰爭；傑出的日本電影《蜘蛛巢城》（*Throne of Blood*；英文片名直譯為《血王座》）則是黑澤明在一九五七年執導的作品；印度的《麥克白》（*Maqbool*；二〇〇四年）設定在孟買的地下世界，展現了《馬克白》原著確實可以超越當初的時事特質，被視為關於人類本能和欲望的雋永投射。

第八章

《李爾王》

King Lear

《李爾王》是戲劇世界的聖母峰，對於許多演員來說，攀爬戲劇世界的聖母峰頂點代表職業生涯的最高峰（然而，想要成功演出其中的角色，演員不一定要很年長，好比，保羅・史考菲〔Paul Scofield〕在最受推崇的《李爾王》演出時只有四十歲，這部是由彼得・布洛克於一九六二年製作）。對於讀者來說，想要理解《李爾王》的複雜之處在於該劇有兩種不同的版本，第一個收錄在《牛津莎士比亞全集》，名稱為《李爾王的歷史》（*The History of King Lear*），其基礎是莎士比亞初次撰寫的劇作。第二個版本顯然是後來的劇場改編，名稱則是《李爾王的悲劇》（*The Tragedy of King Lear*）。劇場導演通常會在兩者之中擇一，但無論如何都會進行縮減。為了避免產生不必要的複雜討論，我將會著重於後來的版本。

對於讀者和舞臺表演者來說，《李爾王》在知識和情感上帶來的挑戰可能令人望之卻步。英國文學評論家威廉・赫茲利特（William Hazlitt）在一八一七年一篇充滿說服力的短文中，將《李爾王》稱為「莎士比亞所有劇作中最為傑出者，因為這是莎士比亞最誠摯的作品」——儘管赫茲利特的評論不一定是最吸引人的推薦。十八世紀的編輯和評論家山繆．詹森曾經寫道「也許沒有其他劇作能夠像《李爾王》一樣強烈地吸引觀眾的注意力、如此動搖我們的情感，以及引發我們的好奇心」，但他也表示自己「多年以前被蔻迪莉雅（Cordelia）之死所震撼，我不確定自己能不能再次承受閱讀《李爾王》的最終場景，直到我作為一位編輯，必須進行校對」。

《李爾王》確實講述了一部深刻的悲劇故事——關於國家與家庭分裂還有父權壓迫的故事；關於偽善欺騙的故事；關於姊妹不和（戈娜若與蕾根）以及兄弟不和（愛德蒙和愛德加）的故事；關於在舞臺上表現肢體暴力的故事，最慘烈的場景是一位男人（康沃爾伯爵〔Earl of Cornwall〕）受到妻子的教唆，縝密地設局，冷血地弄瞎另外一個男人（格洛斯特伯爵）。《李爾王》的高潮是格洛斯特試圖輕生，兄弟之間至死方休的決鬥（一樣是愛德蒙和愛德加）；其中一個姊妹（戈娜若）遭到另外一個姊妹（蕾根）下毒；在舞臺之外，一位年輕的女性（蔻迪莉雅）遭到慘烈的殺害，而她的父親（李爾王）在舞臺上扛著蔻迪莉雅的屍體，讓觀眾看見她的屍體，隨後在蔻迪莉雅的身上斷氣。

《李爾王》的故事與灰姑娘（Cinderella）*和兩個醜陋的姊姊可以產生聯繫，都有一種寓言故事的特質，其中的角色能夠輕鬆地區分為好人，例如：愛德加、蔻迪莉雅、肯特伯爵，以及李爾的弄臣；或壞人，例如：戈娜若、蕾根，以及直到生命最後一刻才悔改的愛德蒙；還有居中者，例如：李爾本身、格洛斯特公爵，以及亞伯尼公爵，他們對於周遭人物的態度會隨著劇情的發展而有所改變。但是《李爾王》中也有深刻的人間故事：一位忠誠的侍從領主（肯特伯爵）偽裝外表，讓自己匿名地繼續服侍他的王（李爾）；另外一位王室成員（愚人）不顧一切地想要撫平主人內心的傷痛；一位兒子（愛德加）偽裝自己，並自願承受軀體的折磨，藉此協助救贖父親（格洛斯特）；一位忠誠無名的僕人代表主人（格洛斯特）犧牲自己的生命；一位女兒（蔻迪莉雅）代表父親率領軍隊，並幫助父親從瘋狂恢復正常；在這個故事中，一座分裂的王國終究在可怕的動盪之後恢復統一。

雖然《李爾王》是一部極為深刻嚴肅的作品，但喜劇元素貫穿於其中——縱然通常都是一種怪誕詭異的反諷喜劇，例如：開場時戈娜若和蕾根露骨的偽善；愚人荒謬地想要用寓言和歌曲的片段教導李爾；肯特伯爵用唐突的方式對待戈娜若的僕人歐斯華德（Oswald）；戈娜若和蕾根爭奪愛德蒙的性寵愛；瘋狂的李爾對戈娜若進行模擬審判；格洛斯特試圖輕生創造了一場詭異的黑色喜劇；瘋狂的李爾和盲眼的格洛斯特在多佛爾（Dover）場景中展現令人動容的同袍情誼。

《李爾王》也是莎士比亞唯一一部交織兩個劇情的悲劇作品，第一個劇情著重在李爾，另外一個劇情著重在格洛斯特，而格洛斯特的劇情對於整部劇所造成的影響不亞於李爾。在李爾和格洛斯特之間有一種明確的象徵關係。李爾王承受

＊譯注：灰姑娘 Cinderella 在過去也有一種常見翻譯為仙度瑞拉（音譯），其本名為 Ella（艾拉），Cinder 是灰色之意，所以其名字應該是「灰色的艾拉」，迪士尼在二〇一五年的電影版本中也將女主角的名字定為艾拉。

了一種宛如煉獄的受難過程，雖然李爾受到兩位長女的殘忍行為所驅使，導致他遭到暴風雨的鞭笞（見圖七），但他受難的主要是心靈。「在我心中的暴風雨」，他說：「將我的感官剝奪了所有的感受／唯一能夠在我的心靈中騷動的感受，只剩下子女的忘恩負義。」另一方面，格洛斯特伯爵則是承受了肢體的虐待，在自己的家中被客人驅逐，並在一場非常可怕的舞臺表演上，雙眼被挖出，這個場景據信曾經讓強壯的男性觀眾當場昏厥。這種關於心靈和身體的平行對比，在這部具備深刻人性關懷但以一種完全沒有情感的方式研究「人」與「物質宇宙」的作品中，展現了莎士比亞浩瀚的創作野心。

關於李爾王的故事，據說他生活在西元前八世紀，並建造了萊斯特（Leicester；這座城市的名字是 Leir-castrum，也就是李爾王的堡壘），一直都被講述為不列顛傳奇歷史的其中一個故事。莎士比亞可能在幾本書中讀過這個故事，並且必定知道一部依照這個故事改編的歷史劇，曾經在一五九四年成功地演出；演出的劇團為「女皇的劇團」（the Queen’s Men），而莎士比亞在年輕的時

圖 7：瘋狂的李爾在暴風雨中（第三幕第四場），充分顯示該場景結合了痛苦和詭異。愚人、愛德加（以毛毯包覆身軀）；肯特；李爾；格洛斯特（拿著火把）。喬治．羅姆尼（George Romney，1734-1802 年）繪製，油畫。（圖片出處與使用授權：Reproduced by permission of Kendal Town Council）

候可能也曾參加過這個劇團。這部悲喜劇在一六〇五年付梓出版，作品名稱是《英格蘭的李爾王與他三個女兒最著名的編年史》（*The Moste Famous Chronicle Historye of Leire King of England and his Three Daughters*），時間為莎士比亞撰寫《李爾王》的不久之前。在一六〇五年的版本中，故事已經被高度基督教化了。不過，莎士比亞完全消除了劇情中的基督教架構，而此舉能夠最為明確地顯示，他希望用李爾的故事作為檢視人類生命境遇的根本基礎，亦即：關於人和物質宇宙之間的關係，關於李爾在劇情某個階段曾說的「這個屬於人類的微小世界」，而不必訴諸既有宗教的慰藉。這個情況不代表該劇的角色不知道超越實存世界（形上；metaphysical）力量存在的可能性，或者不知道超越人類的知識範疇之外依然可能影響人類命運的力量；其中一些角色確實求助於超越人類的力量，但他們的祈禱對象是異端之神。

《李爾王》或許可視為是與《哈姆雷特》有著鮮明對比的世俗化成對作品：《哈姆雷特》中的鬼魂來自於基督教的煉獄，《哈姆雷特》經常向單一神祇祈願；《哈姆雷特》描述了一位君王（克勞迪厄斯）想要嘗試祈禱，但無法成功；《哈姆雷特》探討關於輕生者（奧菲莉亞）採用基督教葬禮的正當性；以及《哈姆雷特》最後召喚天使歌唱，讓哈姆雷特安息。

另一方面，李爾驕傲地向古典的異端神祇說話。在開場中他發誓：

> 以太陽的神聖光芒，
> 黑卡蒂與夜的神祕，
> 依據所有的星體的運行
> 我們的存有與消逝都是由此而來，
> （1.1.109-12）

李爾就此宣布和女兒蔻迪莉雅斷絕關係。我記得曾經在一次的舞臺演出中看見臺上所有演員（除了李爾本人之外），全都因為敬畏這次祈願的莊嚴而下跪。後來，李爾「以阿波羅之名」起誓，而肯特回應道：「現在，以阿波羅之名，王啊，你向你的神祇徒勞地起誓。」該劇最為明確的惡人，毫無同情心且充滿算計的愛德蒙，在自我介紹時則說：「自然世界啊，妳就是我的女神。」

李爾被狂風暴雨驅趕至一片荒野，而那片荒野是一個學習之地——一種悲劇的反轉，就像《皆大歡喜》的森林或《暴風雨》的沙漠島嶼。在學習之地，男男女女都可能會學習關於自身的真相，一部分是透過遭到剝奪，正如雅典的泰門所說：「一無所有讓我擁有所有。」隨著劇情的緩慢進展，李爾被奪走了關於王室的象徵。李爾的女兒們冷漠地主張他已經不需要一百位，或者是「二十五位、十位，或者五位」騎士，甚至是一位騎士服侍他時，莎士比亞在李爾的回應中使用自己所有的修辭技巧，表達了一種關於心靈改變與轉折的感受——李爾的心靈因為相互衝突的情感而產生動搖。

哦，不要用理性探討需求！即使最可憐的乞丐
也會身處在多餘的貧瘠事物之中。
如果不讓人擁有超過自然需求的事物，
人的生活就與野獸一般低賤。妳們都是美麗的女士。

如果只是想要保暖，為什麼要穿戴美麗的衣物？
為什麼？自然世界不需要妳們穿戴的美麗衣物，
因為那些衣物幾乎無法讓妳們保暖。但是，為了真正的需求——
上天啊，請讓我堅忍，讓我獲得我需要的堅忍耐心。
你們看見我在此，諸神啊，我只是一位可憐的老人，
因為老邁而悲傷，又因為可憐與老邁而飽受痛苦。
如果是各位神祇煽動我女兒的心靈
讓她們對付自己的父親，請不要用這種方式戲弄我
不要讓我逆來順受。用高貴的憤怒觸碰我，
不要讓女人的武器，淚水
玷污我的男人臉頰。不，妳們這些醜陋的巫女，
我必定會向妳們兩個人復仇
整個世界都會——我必定會做出那些事情——
縱然我還不知道那些事情是什麼；但是那些事情將是

世界之恐懼。妳們以為我會為此流淚嗎？
不，我不會流淚。我有完美的理由流淚，
△ 狂風驟雨
但是這顆心將會碎成千百片
在我流淚之前——哦，愚人啊，我必將陷入瘋狂！（2.2.438-59）

當李爾學會理解他人的痛苦時，他更為謙卑地祈禱，但依然不是向著基督教的神，而是向無家可歸的窮人。李爾的臺詞對於我們的強烈程度，可能等同於對於那個時代的人們：

我會祈禱，然後我會沉眠。
貧困而衣不蔽體的窮人啊，無論你身在何方，
承受這場無情暴風驟雨的傾瀉，
你的頂上無屋遮蔽，你的身軀瘦骨嶙峋，
破爛襤褸的衣物如何保護你

度過這樣的季節？

（3.4.27-32）

說出這些臺詞的時候，李爾站在最為卑微的住所——一間破爛的小屋之外，身邊則是穿著破爛衣物作為偽裝的肯特伯爵。在李爾曾經非常壯觀的隨行人員之中，除了肯特伯爵，只剩下忠心可愛的愚人，李爾已經讓愚人先行進入破爛的小屋，這個舉動表現了李爾的同情心，畢竟他曾經無法同情別人。在李爾的祈禱結束時，愚人從破爛小屋中走出，遇見了劇中另外一條平行劇情線的人物——曾是貴族的格洛斯特之子愛德加。愛德加現在穿著「破爛襤褸」的衣物，與李爾一直在祈禱的對象完全相同的衣物，而愛德加假扮為一位來自瘋人院（Bedlam）的精神異常乞丐，因為愛德加希望照顧自己的父親。

兩個劇情線在這個荒謬尖銳的喜劇場景交會，帶出《李爾王》關懷人類生活赤裸本質的高潮。李爾流露了他的偏執，他詢問：「格洛斯特的女兒將他逼到此種困境嗎？你完全無法挽救嗎？你願意將一切都交給他們嗎？」愛德加做出詭異的姿勢，手舞足蹈，用一種幾乎無法理解的胡言亂語，繼續扮演瘋人的角色。如果在莎士比亞的時代，劇團表演允許裸體演出，莎士比亞可能會在此處安排演員必須裸體；事實上，在更為近代的劇場表演中已經合理地應用這種表演手法。但是，他們依然保持著禮節；愚人說：「不，他保住了一條毛毯。否則我們現在都會覺得很難為情。」李爾持續偏執地探索相同的思路：「沒有任何事物可以如此壓抑自然／至如此低劣的程度，除了那些不慈悲（不符合自然律則）的女兒們。」此時的愛德加依照其扮演的角色，努力地即興表演各種荒謬的行為和動作，也激起李爾對於人類本質與宇宙關係的核心省思：

> 與其用赤裸的身體應對這種極端的天象，不如躺在墳墓裡。這就是人類的本質嗎？想想他的情況吧。你不會因為絲綢而虧欠於蠶，不會因為皮毛而虧欠於獸，不會因為羊毛而虧欠於羊，也不會因為香水而虧欠於貓。哈哈，這裡有三個人已經陷入了文明的世故；但你就是自然界的事物。不受文明限制的人就是這種貧困、赤裸，而且雙腿站立的動物，正如你一般（3.4.95-102）*。

隨後他開始脫去自己的衣服：「脫掉吧，脫掉吧，這些身外之衣！」

愛德加繼續保持瘋人乞丐的偽裝角色，甚至在他的父親格洛斯特手持火把登場時，更為積極地假扮瘋人乞丐，而格洛斯特告訴李爾王，他違逆了戈娜若和蕾根的命令，她們要求格洛斯特將李爾王留在暴風雨中：

> 然而我決定冒險尋找你
> 將你帶到有火與食物的地方。（3.4.142-3）

李爾王已經開始陷入完全的瘋狂。「他的思緒理智開始變得紊亂。」肯特說道，但格洛斯特並未認出肯特，他們在風雨交加之中乘坐輿車前往多佛爾，並希望在多佛爾找到「熱烈的歡迎和保護」。

* 譯注：在這段話中，從「想想他的情況吧」開始，李爾王的說話對象是愛德加。香水與貓的對比來自於在莎士比亞的年代，已經有香水使用麝香貓（civet cat）的分泌物，而且是非常受歡迎的香水。因此，當莎士比亞在這段對白中想要突顯人類文明與自然的差別時，他使用了這個對比。

在李爾的折磨達到高峰之後，立刻就是格洛斯特的痛苦，其呈現於一個可怕的瞎眼場景，格洛斯特的兒子愛德蒙策劃此事，由康沃爾伯爵和伯爵的妻子蕾根執行。莎士比亞在此向觀眾提出一個極為艱難的感官挑戰，通常會導致一些觀眾（包括我自己在內）在劇情事件發生時閉上眼睛。古典劇作家通常寧願描述這種類型的事件，而不是在舞臺上呈現，但莎士比亞希望我們可以體驗完整的恐懼，讓格洛斯特將這種痛苦與那個時代觀眾喜愛觀賞的鬥熊（bear-bait）相提並論：「我被綁在柱子上，我必須忍受這個痛楚。*」蕾根從格洛斯特的鬍子中拔出毛髮，並且因為這個場景產生了一種近似性高潮的喜悅，這個情況讓一位無名的僕人非常害怕，決定保護格洛斯特卻遭到蕾根親手殺害。格洛斯特要求他的兒子愛德蒙「點燃所有的自然之火／報復這種惡劣的行為」，蕾根立刻回答格洛斯特這就是愛德蒙的計畫時，這個場景的象徵意義就變得明確了。蕾根說：「你呼喚著憎恨你的人。」兒子殺死了父親，自然秩序的顛覆於焉完成。

劇情的轉折在於蔻迪莉雅率領一支法國軍隊，希望恢復「年邁父親的統治權」時，她遇見了「與狂怒的海洋一樣瘋狂」（4.3.28）的李爾，但李爾因為卸下了完整意識的心智負擔，得以獲得暫時的寧靜。偽裝的愛德加帶領眼盲的父親格洛斯特，來到愛德加宣稱能夠眺望海洋的多佛爾山頂之地時，《李爾王》的「超現實特質」達到了高峰：格洛斯特想要跳下山頂，墜落在下方沙丘輕生。年邁眼盲的格洛斯特受到愛德加的欺瞞，以為自己已經跳下山頂但並未死去，而他遇見了年邁瘋狂的李爾，李爾的頭上帶著雜草與鮮花，在一段令人無比感動的對話中，莎士比亞有機會藉由兩位老人之口發表一系列的格言警句，其內容通常是尖銳諷刺的，有時候則是展現了嚴苛的厭女，反應了他們對於自身困境以及更為普世的人類境遇的反思，並且讓旁觀的愛德加陷入了深思：「如果只是他人的轉達，我不會相信，但事實就是如此，／而我為此心碎」（4.5.137-8）。

此時《李爾王》的劇情開始變得和緩。首先，精疲力盡的李爾陷入了療癒的

---

* 譯注：在莎士比亞的時代，鬥熊是一種非常受歡迎的運動。鬥熊的英文是 bear-bait，用一條繩子將熊繫在一根柱子上，然後放出獵犬鬥弄引誘那隻熊，故得名 bear-bait（鬥誘熊）。

沉眠，在他沉眠期間有了一個象徵性的發展，「他被換上了嶄新的衣物」，而他在蔻迪莉雅和肯特的理智與愛之中甦醒。如果莎士比亞只是撰寫一部關於李爾王的悲喜劇就可以在此完結，但莎士比亞有一個更黑暗的目標。李爾已經恢復冷靜，他一開始甚至覺得自己死而復生——「妳錯了，不該將我從墳墓中拉出」——而李爾即將受到命運的連續沉重打擊，結局只有他的死亡。

《李爾王》的結局場景極為強調人體作為屍體時的感知和視覺。愛德加對絕望父親所說的話已經預示了此事：「人必須忍受，／自身的離去，正如他們必須忍受自己來到人世。」蕾根被戈娜若下毒，生病而死。愛德加描述父親死去的故事。一位紳士走入舞臺，帶著戈娜若用來刺死自己的「血刀」；戈娜若和蕾根的屍體在一個陰森的戲劇場面中被帶入舞臺；至於李爾，我們最後一次看見他時，他正在講述自己看見的永恆景象，他在那個景象中與蔻迪莉雅「宛如籠中鳥般歌唱」，而李爾帶著蔻迪莉雅的屍體進入舞臺，發出肝腸寸斷的野獸哭喊：「嚎叫！嚎叫！嚎叫！嚎叫！」，這些文字可以被詮釋為李爾的連續哭喊，或者是對於觀眾的指示，也可能兩者皆是；李爾在蔻迪莉雅臉上尋找生命的跡象，並自豪地說道：「我殺死了那個吊死妳的奴隸」；在我們得知愛德蒙死了之後，亞伯尼登場，將權力交給老君王作為本劇的結尾：

……而我們將會遜位
並且在這個老邁君王的餘生中
將絕對的權力交給他……

（5.3.274-6）

劇情看起來彷彿《李爾王》將會在正義的安排之中結束：

所有的朋友都會品嚐
美德的回報，而所有的敵人
都會喝下自己的報應。

（5.3.279-80）

但是，李爾再度將注意力帶回死去的蔻迪莉雅身上，而他言簡意賅的文字，任何人只要曾經哀悼失去至愛，都有可能在心中產生迴響：

為什麼一隻狗，一匹馬，一隻老鼠有生命，
而妳完全沒有呼吸？妳再也不會回到我身邊了。
永遠不會，永遠不會，永遠不會，永遠不會，永遠不會。

（5.3.282-4）

接著，李爾死時說出這些話：

看著她，看看她的嘴唇
看那裡，看看那裡。

（5.3.286-7）

他是否認為自己看見了生命復甦的跡象，並且在幻覺中死去？或者李爾只是無法負荷蔻迪莉雅之死？愛德加哀悼地以含蓄的對句總結了《李爾王》的劇情，並且概述莎士比亞在該劇中總結的強烈人性經驗：

我們必須承受這個悲傷時刻的重量，
說出自己的感受，而不是應說的言詞。

最年長的人承受了最大的痛楚。年輕的我們
不曾看過他所見過的，也不曾有過如此漫長的生命。

（5.3.299-302）

這段話的表達方式非常簡單，《李爾王》中的語言經常宛如砂礫，有時艱澀，鮮少呈現一種明確的詩意，但依然極為強烈且深刻地觸動人心。我們都會記得那些簡潔有利的警句臺詞：「我承受的罪行遠遠超過我犯下的罪行」（I am a man more sinned against than sinning）；「沒有任何事物能夠無中生有」（nothing can come of nothing）*；「在你變得有智慧之前，你不應該變老」；「養育忘恩負義的孩子，比蛇牙更為尖銳痛苦」；「我們出生的時候，因為來到這個充滿愚人的大舞臺而哭泣」；「人必須忍受自身的離去，正如他們必須忍受自己來到人世」。

* 譯注：此處為李爾和女兒蔻迪莉雅的對話，李爾認為，如果女兒不愛他，就不會有任何結果（或好處），這句話也可以理解為「如果沒有付出，就不會有收穫」。

也有一些場景，其語言表達已臻於一種神聖純淨的簡潔，最為感人的莫過於李爾從瘋狂之中甦醒，而蔻迪莉雅就在他的面前。一開始，由於眼前的景象過於莊嚴雄偉，李爾一度以為蔻迪莉雅是一位天使：

李爾：妳錯了，不該將我從墳墓中拉出。
妳是被天堂祝福的靈魂，而我
被困在火之輪，而我自身的淚水
就像融化的鉛足以灼傷。
（4.6.38-41）

然而，在失和的父女重逢與相互原諒的場景過後，迎來了一種永恆單純的語言，通常都是單一音節的文字*：

蔻迪莉雅：先生，您認識我嗎？
李爾：妳是一個靈魂，我知道。妳死於何處。
蔻迪莉雅：他依然神智不清，他的認知與現實相去甚遠！

（第一位）紳士：他還沒有完全清醒。讓他獨處一會兒。

李爾：我曾經去過哪裡？我現在又在哪裡？現在是美好的白天嗎？

我曾受到嚴重的污辱。我會因為憐憫而死

如果我看見有人和我陷入相同的處境。我不知道該說什麼

我甚至無法相信這是我的雙手。讓我們看看：

我可以感受刺痛。但願我能夠確實地明白自己的情況。

蔻迪莉雅（下跪）：哦，先生，請看著我。

請用您的雙手祝福我。

而您絕對不能下跪。

李爾：我請求妳，不要嘲笑我。

我只是一個非常愚笨的老人，

現在已經八十歲，只會愈來愈老

* 譯注：此處的單一音節是指以英文而言，例如第一句：「先生，您認識我嗎？」Sir, do you know me? 都是以一個母音構成的單字。

八十歲，不多也不少；而且，老實說，
我擔心自己的心智並未處於完美的狀態。
我認為我應該認識妳，我也認識這個男人；
但我依然懷疑，因為我是無知的
這裡是哪裡，我用盡所有的力量
依然無法記得這些衣物，我也不知道
自己昨晚投宿於何處。不要嘲笑我，
因為我作為一個男人，我認為這位女士
應該是我的孩子蔻迪莉雅。

（4.6.38-63）

《李爾王》的強烈情感，以及毫不妥協的誠摯（借用赫茲利特的原話），都無法讓這部戲輕易地獲得喜愛。由愛爾蘭詩人納宏．泰特（Nahum Tate）改編的溫和版本，因為讓《李爾王》有了一個幸福快樂的結局而飽受批評，李爾、肯特，以及格洛斯特安然無事，愛德加和蔻迪莉雅結婚，完全省略了愚人這個角色，不過依然從一六八一年至一八三九年之間持續演出（並持續修改）。後來則是出現了一個習俗，導演必須讓《李爾王》擁有一種史前風格的巨石陣背景，方能符合劇情應有的時期，這種背景設定可見於麥可・艾略特（Michael Elliot）執導，由勞倫斯・奧利佛主演電視作品的ＤＶＤ中。

但是，正如《馬克白》，《李爾王》的劇情也能夠成功地轉變，甚至改編為其他的背景和社會。許多改編作品以明確或隱喻的方式平行對照現代社會。例如，有一部在萊斯特上演的作品是由凱瑟琳・杭特（Kathryn Hunter）飾演李爾，其故事的起點和終點都是在一座老人之家（老人院）；日本導演黑澤明在一九八五年的電影改編《亂》則是將李爾女兒的形象重建為兒子；美國小說家珍・斯邁利（Jane Smiley）的小說《一千英畝》（*A Thousand Acres*，一九九一年，於一九九七年改編為電影），則是天馬行空地將《李爾王》的故事依照美國中西部的背景進行改寫。《李爾王》也有歌劇版本（一九七八年），由亞里伯特・萊曼（Aribert Reimann）為迪特里希・費雪狄斯考（Dietrich Fischer-Dieskau）所寫；另外，古典音樂家威爾第（Verdi）和布列頓（Britten）曾經計畫根據《李爾王》改編歌劇，但最終都沒有完成。對於觀眾和後世詮釋者來說，《李爾王》確實是非常艱困的挑戰。

第九章
《雅典的泰門》

Timon of Athens

如果去觀賞《雅典的泰門》的戲劇演出，你所聽見的文字和看見的劇情，很有可能與你曾經讀過的任何一個付梓版本有很大的差異。造成這種情況的直接理由，是因為流傳迄今的唯一一個版本（很有可能也是唯一存在過的版本）尚未完成——《雅典的泰門》是一部被放棄的文本，由兩位劇作家共同撰寫，一位是威廉·莎士比亞，另外一位則是更為年輕的湯馬斯·米德頓，然而他們的合作在創作晚期階段破局。現在我們所擁有的是一種奇特的精簡文本，彷彿骨架一般，但是由於仍有強大的修辭、敏銳的社會諷刺，以及後期場景令人難以忘懷的美麗詩歌，所以《雅典的泰門》非常值得被重新賦予生命。在本章的第一個部分，我將依照該劇的合理保守製作形式進行討論，不會過於著墨在潛藏於其中的問題。隨後，我將略為提到如果你閱讀《雅典的泰門》的初版文字或現代改編時可能會發生的情況。

《雅典的泰門》是一部寓言，明確地區分為兩個部分。在第一部分，非常富裕且慷慨揮霍的希臘貴族泰門慢慢地發現，那些被他稱為朋友的男男女女只是唯利是圖的諂媚者，他們只在乎泰門的錢。在第二部分，幻想破滅造成的痛苦讓泰門決定放逐自己，離開雅典，過著隱士般的生活，同時他詛咒人類；過去被他稱為朋友的人會來探望他，而泰門最終在死亡之中尋求慰藉。

在開場的場景中，一位無名的珠寶商向一位商人展示他希望能夠賣給泰門的珠寶；一位畫家向一位詩人展示一幅諂媚泰門的畫；詩人總結了自己的寓言詩，在這首詩中命運女神將一位「有著泰門先生風采」的男人召喚到自己面前。許多人想要趨炎附勢，但是：

當命運女神開始改變自己的心意
鄙視這位才剛剛獲得青睞的男人時，他所有的隨從
曾經勉力將他帶到山頂
甚至願意五體投地的人們，任憑他墜落，
沒有人願意陪伴他沉淪的腳步。

（1.1.85-9）

縱然這首詩沒有提到任何一個人的名字，但實際上就是《雅典的泰門》的劇情概述。一開始受到命運女神的眷顧，失去金錢之後被隨從拋下的人，正是泰門。

第一個劇情展現了泰門的揮霍慷慨。首先，泰門願意清償朋友的債務，讓朋友得以從囹圄中脫身。隨後，泰門把錢送給其中一位僕人，讓僕人能夠與心愛的女人結婚。此外，泰門向詩人、畫家，以及珠寶商人支付了相當氣派的金額，收下他們的禮物，並邀請他們與所有人和自己共同用餐。更多的貴族讚美泰門，貪婪地期待可以獲得更多的好處。在隨後的宴席中，待正式的餘興節目完結之後，泰門開始送出更多的禮物，也激起更多對於泰門的阿諛奉承。

但不是每個人都享受齊聲讚美。憤世嫉俗的哲學家阿佩曼圖斯（Apemantus）嘲笑那些諂媚者，並主張沒有所謂的「誠實的雅典人」：

哦，眾神啊，何其多人正在吞食泰門，他卻看不見！
看見如此多人將自己的食物沾上一個人的鮮血，讓我感到悲哀；
而更瘋狂的是，他竟鼓勵他們如此。
（1.2.38-41）

即使阿佩曼圖斯如此憤世嫉俗，但依然有一位誠實的雅典人，那個人就是泰門的僕人弗萊維斯（Flavius）——弗萊維斯告訴觀眾但尚未告訴泰門本人，他的財富正在萎縮。泰門積欠金錢的債主開始大聲要求泰門還債。泰門天真地以為，他曾經慷慨對待的人們將會團結協助他，但在一連串充滿娛樂性的諷刺場景之後，他們露出了真面目。幻想終究破滅的泰門要求弗萊維斯邀請他們參加另外一場饗宴，而泰門表示宴席「將會由我和我的廚師負責」。人們陸續赴宴時，債主們向泰門表達歉意，不應該在他身上施加壓力，但在「掀開餐盤，人們看見其中只有冒著熱氣的水（與石頭）」時，這個場景達到了諷刺的高潮。泰門把水潑灑在賓客的臉上，將他們趕出家門並怒氣沖沖地離開了自己的家，而他所說的話語同時標示了《雅典的泰門》的轉折及其性格的完全翻轉：

燒掉這間房子！讓雅典沉沒！讓泰門和所有的人類

都被憎恨！

（3.7.103-4）

這個場景還有一個充滿娛樂性的結局，就是倉皇失措的貴族回到泰門的房子，想要尋找在那場失控宴會中遺失的個人物品，其中一位總結了這個情況，「昨天，泰門送給我們鑽石，今天，他給我們石頭。」

泰門放棄了雅典，他在一段漫長的激昂攻擊演說中，詛咒這座城市和其中所有的居民。正如在風暴中的李爾，泰門也脫掉了自己的衣服，幾乎是裸體與大自然接觸，他宣告：

我不會帶走任何東西

除了我赤裸的身體，這座可惡的城市；

（4.1.32-3）

他「決定前往樹林，他將會在那裡發現／即是最殘忍的野獸，依然比人類更仁慈」。

在《雅典的泰門》的第二部，故事的規律比第一部更為明顯。一開始泰門的一些僕人（全都是雅典人，雖然泰門曾經譴責所有雅典居民）用一種無私的後悔談到泰門的隕落，並責備背叛泰門的那些朋友。弗萊維斯宣稱他將永遠保持忠誠：「只要我還有財富，我就是他的僕人。*」

在這個場景過後，《雅典的泰門》實際上已經成為了一場持續被中斷的獨白。在這段獨白中，一貧如洗的泰門居住在洞穴中，他詛咒人類（特別是雅典的居民），而訪客接連拜訪他，他對著訪客高談闊論，尤其著重在財富帶來的腐化權力。泰門在樹林中翻掘「樹根」，想要尋找維生的食物時，他發現了黃金。現在，黃金對於泰門來說沒有用處，他就像過往一般將黃金送給其他人，但這種行為現在是用來傷害別人的方式，而不是造福他人。泰門向艾希拜狄斯

* 譯注：由於單純從這句話無法看出其意思，譯者在此附上弗萊維斯較為完整的臺詞：「他因為那群忘恩負義的野獸而憤怒瘋狂地離開，他沒有任何方式可以活著，也沒有任何方法賺錢。我會追尋他，詢問關於他的消息。只要我有能力，我就會服侍他。只要我還有財富（可以照顧他），我就會是他的僕人。」

（Alcibiades）提供黃金，因為艾希拜狄斯正在進軍雅典，泰門想要協助他摧毀這座拒絕他們兩個人的城市；此外，泰門也將黃金送給隨軍的娼妓，讓她們成為一股力量，因為她們可以傳遞傷害自己和他人的性病。

《雅典的泰門》最高潮迭起的遭遇來自於一個令人感到萬分興奮的場景：憤世嫉俗的哲學家阿佩曼圖斯（他在故事前期曾經咒罵泰門的奉承者），他現在與因為失去財富而變得厭世的泰門正面交鋒。他們用智慧、精力，以及歡笑污辱著彼此，而阿佩曼圖斯非常聰穎地濃縮概述了泰門的處境：

> 人類的中庸生活，你從來不懂，但你明白最極端的兩側。當你穿著華美雍容的服飾與香水，他們嘲笑你過於挑剔；現在你衣衫襤褸，已經不曉得何謂華美雍容，卻因而遭到鄙視。
>
> （4.3.302-6）

泰門將人性視為獸性的展現，一開始只是兩人的相互漫罵，最後變成兩個人用石頭相互攻擊。泰門淪陷至野獸的層次之後，他開始思考死亡，但他的苦難還沒有結束。一群盜賊的來臨讓泰門口若懸河，而他在長篇大論中想像自然界的所有事物都在相互剝奪獵食：

> 太陽是一位盜賊，他用強大的吸引力
> 掠奪了巨大的海洋。月也是一位聲名狼藉的盜賊，
> 她從太陽那裡偷走了蒼白的火焰。
> 海洋是一位盜賊，浪潮將
> 月溶解為鹹淚。大地是一位盜賊，
> 大地用偷來的東西孕育餵養萬物，
> 而那些偷來的東西來自於常見的排泄物。世間萬物都是盜賊。
>
> （4.438-44）

泰門的厭世心情已經達到了幾乎飽和的地步，無法繼續提高了；但弗萊維斯的再次出現也提醒我們別忘了即使在雅典人中，依然有人具備同情、愛，以及忠誠，所以泰門對於所有人類不加區別的指責是錯的。泰門不甘願地迅速承認

此事：

原諒我全面且一概而論的草率，
永恆且清醒的眾神啊！我確實讚揚
一位誠實的男人——不要誤會，只有一位，
我發誓，只有這一位——而他是一位僕人。
我本來非常樂意憎恨所有的人類，
你救贖了自己！但除了你以外的人類
我依然詛咒他們。

（4.3.496-502）

對於這位「唯一的誠實男人」，泰門送上了黃金，並提出了一個憤世的指示，就是弗萊維斯「不能施予任何人」。

在泰門與阿佩曼圖斯的文字戰爭結束時，泰門說他已經「厭倦這個骯髒無用的世界」，並且建議自己：

立刻準備好自己的墳墓。
躺在海洋的光沫可以
每天照耀墓碑之處。

（4.3.380-2）

全面放棄人性邏輯的必然結果，就是更進一步地遁入死亡的庇護；唯有滅絕能夠讓泰門得償所望：

我漫長的厭倦
對於健康與生命的疾病，現在開始好轉，
除了死亡，沒有任何事物能夠為我帶來一切。

（5.2.71-3）

泰門用這個訊息將元老*送回雅典時，在他的言詞中，出現了一種奇特的異世感：

---

*譯注：譯者在此依照常見的慣例，將 the Senator 翻譯為元老，《雅典的泰門》將這位元老描述為一位狡猾而且充滿野心的政治人物，但請讀者留心，古希臘時代的雅典沒有羅馬時代的元老院，因此，這個角色很有可能是莎士比亞（或者共同創作的米德頓）所創作，也請讀者參考本書作者在本章稍後對於文本的說明。

泰門已經建造了永恆的宅邸
就在鹽水浪潮的邊緣，
每一天，他的浮沫
都將被洶湧的浪潮掩蓋一次。

（5.2.100-3）

劇中沒有泰門死亡的場景，我們不知道是誰，也不知道有沒有人將泰門埋葬在他替自己準備的墳墓。接著，一位不識字的士兵發現了一個無法解釋的墓碑，並將墓碑上銘刻的厭世碑文深深地印在臘上：

此處躺著一個不幸的屍體，
一個被剝奪的不幸靈魂。
不要尋找我的名字。瘟疫將會吞食
你們這些邪惡卑微的僅存者！
我躺在此處，泰門，我在世時
被所有活著的男人憎恨。

你可以走過此處並且盡情詛咒，但必須離開

不可停下你的步伐。

（5.5.71-8）

士兵將這段文字帶回雅典，艾希拜狄斯對於死者表達了同情，並用原諒的口吻結束了這部厭世劇：

死亡

高貴的泰門已死，而從此以後，我們將會記得他。

（5.5.84-6）

正如我在本章的開頭所寫，我在嘗試描述並且評論《雅典的泰門》時，不會過讀強調文本中的問題。但是，如果讀者想要知道更多關於該劇在合理保守製作時很有可能呈現的演出方式，與你閱讀現代文本之間的差異，我會稍微談到該劇的文本背景。

《雅典的泰門》留存至今的唯一一個早期文本，收錄在莎士比亞第一個劇作合輯，也就是一六二三年的《第一對開本》。雖然沒有任何跡象顯示莎士比亞與他人共同撰寫，但現代的學術研究已經可以超過合理的懷疑，認為這是湯馬斯・米德頓與莎士比亞的共同創作，特別是諷刺場景。《雅典的泰門》的印刷文本顯然來自於一份草稿，必須完成大量的編修工作方能實際演出。另外，提供資訊的舞臺指示與文本中的描述有矛盾之處。例如：劇本並未明確地指定角色——在劇中的某些時刻，貴族（lord）有名字，但在其他時候只會被稱為「貴族們」，所以無法明確地知道誰應該說話；古代貨幣單位塔冷通（talent）在某些時刻比其他貨幣更貴重，在其他時刻則否；角色的姓名出現不同的形式；雖然這是比較主觀的想法，但某些場景的寫作風格明確地不同於其他場景；而該劇出現的詩文經常呈現高度的不規律。

之所以可以明顯看出《雅典的泰門》在當時尚未完結的理由，與艾希拜狄斯有關。在《雅典的泰門》的初期場景中，他的粗略形象是一位戰士，獲得了泰門贈與的賞金。在泰門邀請虛偽的朋友參加那場堪比鴻門宴的宴會之後，艾希拜狄斯在另外一個場景中激昂地為了一位沒有名字的朋友向元老院求情，因為那位朋友用一種並未清楚解釋的行為殺死了一名男子。元老院拒絕了艾希拜狄斯的求情，並且放逐了他。這個場景的精緻度不足，與整體的劇情結構也沒有很好的整合。

《雅典的泰門》未竟的文本確實造成了劇場表演者與評論詮釋者的問題，但也讓他們獲得絕佳的自由空間，而且在相對不常發生的重新編修中，《雅典的泰門》經歷了實質的改寫，力求讓內容更為相符連貫。事實上，該劇的社會諷刺特質吸引了許多導演的注意，他們使用新的服裝和背景設定，強調《雅典的泰門》與現代社會物質價值的關聯性，例如，英國劇場導演尼古拉斯・海特納（Nicholas Hytner）於二〇一二年在英國國家劇院執導的演出，故事主角西蒙・羅素・畢爾（Simon Russell Beale）首次現身於國家藝廊「泰門廳」（Timon Wing）開幕典禮的奢華派對，最後則是成為一貧如洗的「紙板公民」（cardboard citizen）*，在城市的廢墟中推著超市的推車。

* 譯注：「紙板公民」在此處是指無家可歸的人，以住在紙板中作為意象。在英國，則有一個劇團的名字就是「紙板公民」，該劇團長年關心無家可歸的公民或者有無家可歸風險的公民。

第十章
《安東尼與克麗奧佩托拉》

Antony and Cleopatra

《安東尼與克麗奧佩托拉》是一部傑出的鋪展式戲劇名作，富有詩意、展現磅礴的想像力、角色刻劃得相當有深度、心理洞悉入微、具備反諷的喜劇元素，同時也是一部浩瀚的悲劇。

這部作品的反諷部分來自於核心角色並非邀請我們認同他們（在某種程度上，我們可能會認同羅密歐與茱麗葉、哈姆雷特、奧賽羅和黛絲狄蒙娜，甚至是馬克白和李爾王），而是讓我們對於他們感到驚嘆敬畏，或有時是莞爾的愉快，例如：會因為安東尼對於「這位令人著迷的皇后」的極端迷戀而感到驚訝，安東尼明明知道自己應該「斬斷」（break off）與她的牽連；在較為早期的劇情中，安東尼的追隨者伊諾巴布斯（Enobarbus）在尚未拋棄安東尼之前，其角色功能類似「評論者」（choric commentator）*，而伊諾巴布斯認為克麗奧佩托拉是「無盡的多變」。他們比生命本身更為耀眼浩瀚，而他們的行為有時候會讓同伴（也就是作為觀眾的我們），甚至是他們自己感到驚訝。例如，安東尼曾經在某個時刻對於克麗奧佩托拉感到非常惱怒，於是安東尼表示但願自己從來沒有見過她，此時伊諾巴布斯談論克麗奧佩托拉的方式，就像一位旅行社業務人員向一位客戶說話，而這位客戶表示自己不想造訪世界的其中一座奇景：「哦，先生，倘若如此，您將會無法欣賞一座奇景，倘若不能感受那座奇景，也會有損您的旅行價值。」（1.3.145-7）

從歷史時間的角度來看，《安東尼與克麗奧佩托拉》接續了《凱撒大帝》，正如《亨利五世》接續《亨利四世第二部》，而《安東尼與克麗奧佩托拉》與更早完成的《凱撒大帝》也有相同的角色，最顯著的就是馬克·安東尼與尤利烏斯·凱撒。但是《安東尼與克麗奧佩托拉》與《凱撒大帝》的調性、語言風格、處理史料的方式，以及想像力的發揮都有很大的差異，所以無法將兩部戲劇作品聯想在一起，實際上它們也很少連續演出。

* 譯注：choric commentator 的本意是指這個角色的功能與古希臘劇場演出中的合唱團有些相似，他們並未實際推動主要的劇情發展，而是以旁觀者的身分參與，並且向觀眾提供訊息，到了莎士比亞時代，甚至是現代戲劇中，這樣的角色依然存在，對於劇情的參與程度可能有所改變，但最核心的功能還是相似，無論是評論劇中人物，或者直接向觀眾提供資訊。

《凱撒大帝》的語言風格是相對簡樸、古典、自制，以及受到限制的，反之《安東尼與克麗奧佩托拉》的風格則是乖異、誇大的，正如魯本斯（Peter Paul Rubens）的畫作與皮拉奈奇（Piranesi）的版畫之間的差異*。《安東尼與克麗奧佩托拉》語言豐富性的意義在於，雖然概念和表演運作上都極具劇場風格，但是該劇可以向讀者和戲劇觀賞者提供更多的內容。

正如《凱撒大帝》，《安東尼與克麗奧佩托拉》的內容大量承襲自普魯塔克的《希臘羅馬名人列傳》，不只是敘事內容，還有其中使用的語言，由此可見，莎士比亞顯然非常喜歡湯馬斯．諾斯爵士所翻譯的英文版本，以致在劇中最刻意營造詩性特質的段落，例如，伊諾巴布斯對於豪華遊艇上的克麗奧佩托拉提出的知名描述（由勞倫斯．阿爾瑪—塔德瑪爵士繪製，見圖八），就是一五一十地改寫於諾斯的文章。遊艇的船尾，他寫道：

是金色的，風帆是紫色的，船槳則是銀色的，隨著長笛、雙簧管、西特琴（citern）、低音提琴，以及其他在遊艇上演奏的樂器聲，船槳

圖 8：〈遊艇上的克麗奧佩托拉〉（*Cleopatra in her barge*），勞倫斯．阿爾瑪—塔德瑪爵士（Sir Lawrence Alma-Tadema，1836-1912 年）繪製。（圖片出處與使用授權：Private collection. © Fine Art Images / age footstock）

*譯注：魯本斯是十六世紀至十七世紀的巴洛克風格畫家，強調繪畫中的動態、色彩，以及感官經驗，創造了一種輝煌宏大的藝術風格；皮拉奈奇是十八世紀的版畫家，對於古代遺跡（羅馬時期）有著偏愛，建築的線條描繪非常簡潔尖銳。

整齊地擺動。至於那個女人，她躺在金色薄紗布料的簾幕之中，她的服裝打扮宛如繪畫中常見的女神維納斯，美麗的小男孩緊貼著她，就在她的雙手旁邊，他們的模樣就像畫家對於邱比特神的描述，手中拿著小小的扇子，替她搧風。她身邊的女子和宮廷女士也是如此，其中最漂亮的，穿著如同寧芙（nymph；仙女之意）尼瑞德（Nereides），也就是水中的美人魚，也像美惠三女神（the graces），其中一些人負責掌舵，其他人照料遊艇的索具和繩索，那艘遊艇傳出了一股稍縱即逝的美好芬香，香味瀰漫在碼頭，感染了無數的群眾。

在普魯塔克的文本中，這段文字用於描述克麗奧佩托拉如何第一次打動了安東尼的心；莎士比亞則是在描述了克麗奧佩托拉的萬種風情之後使用這段文字，並將普魯塔克生動如畫的散文轉變為一種充滿情慾與詩意的文字，再藉由經常猜疑甚至憤世嫉俗的伊諾巴布斯之口，增強了效果：

她所坐的遊艇，宛如錚亮光潔的王座

在水上燃燒發光。船尾是金箔；
風帆是紫色的，遊艇如此芬香
連風都愛上了那艘船。船槳是銀色的，
迎著長笛的曲調，船槳擺動
使得船槳拍打的水面變得更快，
彷彿愛上了船槳的拍打。至於那個女人，
她的美好超越了文字。她躺在
簾幕之中——金色薄紗布料——
她的美麗超越了藝術對於維納斯的描繪
她的美好更勝大自然的巧奪天工。在她的兩側
站著美麗的笑靨男孩，就像微笑的邱比特，
多彩的扇子吹拂的風
被風靜涼的臉頰，似乎泛起溫熱的紅光
本該讓她的臉頰變得靜涼，卻變得紅潤……

她身邊的宮廷女士，就像尼瑞德，
許多美人魚的眼中只有關心呵護她，
她們的傾身變成一種美麗的景緻。在船舵處
一個看似美人魚的女人掌舵。絲質的索具
因為如花柔軟的手觸摸而膨脹
而她們的手迅速靈巧地完成了自己的職責。從遊艇上
一陣詭異無形的芬香席捲了
鄰近的碼頭。這座城市
將其子民送到她的面前……
溫柔地觀看著她

（2.2.198-221）

正如這部劇的特色，在伊諾巴布斯的陶醉景象之後，則是阿格里帕（Agrippa）對於克麗奧佩托拉在更早之前與尤利烏斯・凱撒那段感情的粗鄙想法，克麗奧佩托拉與凱撒生下一子：

皇家的妓女！
她讓偉大的凱撒將劍放在床邊。
凱撒在她身上耕耘，而她生了果實。
（2.2.233-5）

《安東尼與克麗奧佩托拉》是一部屬於兩個世界的戲劇，其中一個世界是克麗奧佩托拉的埃及，另外一個世界則是馬克・安東尼的羅馬；除了兩個世界的連結之外，還有兩個世界的對照與緊張。劇中經常出現的誇張風格及其敘事和想像的範疇，都在引誘著該劇的設計者將其想像為一種好萊塢式的史詩作品，必須採用在視覺上令人印象深刻的舞臺設計，以及擁有大量群眾的場景。

《安東尼與克麗奧佩托拉》確實偶爾會有戰士與「他的軍隊」進場，但在莎士比亞時代的舞臺通常只有一群臨時演員，而這部戲劇在某些層面來說屬於室內劇（chamber play），其中多數的劇情都僅限於一小群演員以及親密隱私的空間。唯一根據這部戲劇改編的電影作品，是由美國演員查爾頓・希斯頓（Charlton Heston）主演（希斯頓同時也被列入編劇名單，該作品於一九七二年上映），但並未取得成功；至於壯麗驚人的好萊塢史詩作品《埃及豔后》（*Cleopatra*，一九六三年），由好萊塢演員理查．波頓（Richard Burton）和伊莉莎白．泰勒（Elizabeth Taylor）主演，則並非依照莎士比亞的戲劇改編。

無論如何，該劇主要的角色絕對是無比耀眼，即使是在他們喧嘩騷動人生之中的混亂時刻。這部劇的內容主要是攸關個別的歷史人物及其性格，而不是關於他們身為世界領導者所參與的政治。因此，相較於莎士比亞的其他悲劇，我們比較不容易感同身受該劇上演的歷史時期。《凱撒大帝》和《科利奧蘭利斯》能夠聯想至後來的政治，但《安東尼與克麗奧佩托拉》以現代服裝重新上演的情況非常罕見，就算有也都不是非常成功。

正如《羅密歐與茱麗葉》，《安東尼與克麗奧佩托拉》是一部關於兩位戀人的悲劇，但在早期作品《羅密歐與茱麗葉》中，兩位戀人還是青少年，他們陷入了初戀的苦澀，而安東尼與克麗奧佩托拉則是成熟且經驗豐富的戀人，曾經有過許多情場上的勝利。在故事剛開始的時候，安東尼的妻子是芙維雅（Fulvia），後來與屋大薇（Octavia）再婚*，而這讓當時的克麗奧佩托拉感到失望——雖然據信安東尼和性格冰冷的屋大薇是出自於政治安排而不是基於雙方的情感。

無論從戲劇結構或敘事方式來看，《羅密歐與茱麗葉》和《安東尼與克麗奧佩托拉》都有著極大的差異。命運讓羅密歐與茱麗葉一起死亡，但歷史的敘事讓安東尼與克麗奧佩托拉必須分別在截然不同的環境中獨自地死亡。以舞臺表演的角度來看，安東尼死亡的時間比克麗奧佩托拉更久，且縱然是因為不同的理由，但兩人都是被迫輕生；茱麗葉的死是一場意外，而克麗奧佩托拉則是出於自願，至少有一部分是因為她對安東尼的愛（雖然也可以主張是因為克麗奧佩托拉對於自己的想法）。羅密歐輕生的原因是因為他相信茱麗葉已經死了，而馬克・安東尼輕生是為了擺脫軍事失利的恥辱，以及他被誤導認為克麗奧佩托拉已經死了。《羅密歐與茱麗葉》的劇情大多數都在維洛納，而《安東尼與克麗奧佩托拉》則

* 譯注：Octavia 是屋大維的妹妹，屋大維也是莎士比亞《凱撒大帝》的劇中人物。譯者在此採取常見的中文翻譯，將 Octavia 翻譯為屋大薇，而其讀音接近奧塔薇雅。

是在埃及和羅馬的兩極之間持續移動，其中一個地方與自由和感官享受有關——「東方是我的樂趣之所在」，安東尼曾說，而另外一個地方則是與紀律和節制有關。除此之外，《安東尼與克麗奧佩托拉》與更早期的愛情悲劇《羅密歐與茱麗葉》的又一個相似之處，則是強烈的喜劇元素，但《安東尼與克麗奧佩托拉》的喜劇元素點綴全劇，經常提供了一種時而反諷時而挖苦的自我批判觀點，而不是像更早期的《羅密歐與茱麗葉》，在悲劇的高潮或劇情的各個高潮開始出現時，喜劇元素就會消散。

莎士比亞時代的舞臺結構和習俗，讓《安東尼與克麗奧佩托拉》獲得一種流動的劇情空間。那個時代的舞臺不受現實場景的拘束，能夠在一瞬間轉變故事場景地點（編輯版本插入的場景分隔〔scene breaks〕掩蓋了文本的流動特質），而這個流動特質也得益於劇中傳達訊息的信使和大使，永無止盡地頻繁往返於埃及和羅馬之間。安東尼的部隊在安東尼缺席的情況下持續奮戰，而安東尼沉醉在埃及的亞歷山卓城（Alexandria），他們帶來了羅馬與前線戰場地區的最新消息，藉此羞辱安東尼。他們告訴羅馬的屋大維，安東尼在亞歷山卓城盡情享樂，而他的敵人龐培的勢力持續增長。安東尼離情依依地離開自己的情人，回到羅馬之後，他將訊息和禮物送給克麗奧佩托拉，她同時也向安東尼派出「二十多位信使」，但是，安東尼因為政治需要而被迫不忠。

故事的高潮發生在一位不幸的信使獲得了一個完全不會令人羨慕的使命——信使必須告訴克麗奧佩托拉，羅馬的安東尼已經和屋大維·凱撒的妹妹屋大薇完成了政治聯姻。屋大薇是一位「神聖、冷漠，而且平靜的」女士（2.6.122-3），但她跟哥哥之間的關係，有時也會被詮釋為私密的亂倫。

經過了多次的言語迂迴之後，信使終於說出口：

信使：他已經和屋大薇結為連理。

克麗奧佩托拉：為了什麼好處？

信使：為了最好的理由，床第之間的好處。

克麗奧佩托拉：恐懼讓我蒼白，查米安（Charmian，信使的名字）。

信使：女士，他已經與屋大薇結婚了。

克麗奧佩托拉：讓最可怕的瘟疫降臨在你身上！

△ **克麗奧佩托拉將他打倒在地。**

信使：好女士，求求你，請保持耐心。

克麗奧佩托拉：你說什麼？

△ **克麗奧佩托拉毆打他。**

離開這裡，可惡的惡人，否則我會踢你的眼睛

就像踢我眼前的球。我還會剃光你的頭髮。

△ **克麗奧佩托拉用力拉扯信使**

你將被鐵絲鞭打，在海水中被烹煮，

你會承受緩慢持續的痛苦。

（2.5.58-66）

「我只是帶來這個消息，並非促成他們之間的結合」，信使說道，而克麗奧

佩托拉抽出匕首時，他的逃走也是令人可以理解的。在後來的一個場景中，信使被帶回來報告屋大薇的情況：

克麗奧佩托拉：她是否和我一樣高？

信使：並非如此，女士。

克麗奧佩托拉：你是否聽見她說話？她的聲音是尖銳或低沉？

信使：女士，我聽過她說話。她的聲音低沉。

克麗奧佩托拉：不好。安東尼不會喜歡她太久。（3.3.11-14）

這是非常偉大的喜劇寫作，也是送給演員的禮物，有著細緻的差異，充滿角色性格的情緒轉變，讓克麗奧佩托拉成為莎士比亞最偉大的喜劇女主角，也是他最偉大的悲劇女主角。

安東尼努力地逃出羅馬，決定回到克麗奧佩托拉身邊之後，也是信使傳來消息，而安東尼的行為促成了亞克興（Actium）的海戰，但安東尼在這場海戰中受到了恥辱性的戰敗；信使代表兩位情人與凱撒（屋大維）*協商，並帶回消息表示屋大維願意與克麗奧佩托拉和解，只要克麗奧佩托拉將安東尼逐出埃及或者處決他。也是另外一位信使確保了克麗奧佩托拉同意「將（她的）皇冠放在屋大維腳下」，而安東尼發現這位信使親吻克麗奧佩托拉的手之後，將他判處笞刑；這位信使又告訴離開安東尼的伊諾巴布斯，在他離開之後，他的主人非常慷慨大方地送回伊諾巴布斯的財產。信使們依照克麗奧佩托拉的指示，告訴安東尼，克麗奧佩托拉已經自盡身亡，但信使們太遲了，無法拯救他，而信使們又透露這是克麗奧佩托拉操弄人心的其中一個詭計；信使們將安東尼輕生的消息告訴屋大維，並代表克麗奧佩托拉詢問獲勝的屋大維在他俘虜了克麗奧佩托拉之後，想要如何處置她。信使們向克麗奧佩托拉保證屋大維將會善待她，卻虛偽地用武裝警衛監控她；最後，使者們告訴她，屋大維有意在勝利回到羅馬時將她作為戰利品展示給羅馬人民。

莎士比亞藉由使用信使（其中一些有名字，另外一些則無）創造了一種連續行動和急促的感受，讓在其他情況下顯得不連貫且沒有意義的劇情片段獲得了動力。

就像《羅密歐與茱麗葉》，《安東尼與克麗奧佩托拉》也是一部雙重悲劇，但後者的戀人並未一起死去，而是在各自的空間和時間中分別死亡。馬克．安東尼比克麗奧佩托拉更早死，而安東尼當時誤信克麗奧佩托拉已經自盡，並藉此尋求與她一起獲得永恆的祝福：

在靈魂棲息於花朵之地，我們將會攜手，
讓鬼魂凝視我們充滿生機的姿態。

* 譯注：此處開始的凱撒是指繼承原本尤利烏斯．凱撒王位的屋大維。凱撒（Caesar）原本是尤利烏斯．凱撒的姓氏。在屋大維繼任之後，他將自己改名為凱撒，而凱撒這個詞隨著時代變遷，也逐漸從一個人的姓氏變成羅馬皇帝之意，德語中的 Kaiser 或俄國的沙皇 царь 都是起源於這個字。本書作者在此處開始提到的「凱撒」都是指羅馬皇帝屋大維的意思，為了避免讀者產生誤解，譯者將會根據情況進行調整。如果是指尤利烏斯．凱撒，就會保留翻譯為凱撒，倘若是屋大維．凱撒，則翻譯為屋大維。

蒂朵（Dido）與她的艾尼亞斯（Aeneas）也會渴望獲得追隨者*，

但這個場所全都屬於我們。

（4.15.51-4）

《安東尼與克麗奧佩托拉》的雙重自盡高潮可能會讓我們產生一種感覺，認為這個故事走到了一個明確的結局之後，必須重新開始，但後來的劇情場景得以延續，有一部分是因為出乎意料的劇情轉折以及克麗奧佩托拉依然非常難以預料的事實。瀕死的安東尼被拉到上層舞臺的克麗奧佩托拉面前，而這個上層舞臺象徵了她的豐功偉業；安東尼有尊嚴地死去，讓克麗奧佩托拉用一種浩瀚的方式哀悼他：

哦，看啊，我的女子民們，

大地之上最偉大的王冠消失了。我的王啊！

哦，戰爭的勝利花環枯萎。

士兵的典範已經隕落。年輕的男孩與女孩

現在與男人一樣平等。他們之間已無差別，

世上已無重要之事
在流逝的月之下。

（4.16.64-70）

克麗奧佩托拉隨後暈倒，侍從以為她也死了，但她終究甦醒，並準備埋葬安東尼，同時即將「依照高貴的羅馬方式」迎接自己的死亡。屋大維難以相信安東尼已經死亡，也為了過去的敵人落淚：

如此偉大人物的隕落應當
引發更大的紛亂。

（5.1.14-15）

屋大維聽說克麗奧佩托拉已經回到她的遺跡宮殿，並且她想知道屋大維會如何處置她時，他承諾會尊重對待。但是，屋大維的信使普羅庫雷烏斯（Proculeius）欺騙了克麗奧佩托拉，阻止她當場自盡，因為克麗奧佩托拉不希

＊譯注：蒂朵與艾尼亞斯的典故出自羅馬詩人維吉爾的史詩。艾尼亞斯帶著子民尋找家園時遇見了迦太基的女王蒂朵，兩人相戀，但艾尼亞斯必須創造新的國家於是離開，失去愛情的蒂朵自盡身亡。

望遭到俘虜，被帶回羅馬公開受到羞辱。

屋大維的另外一位信使多拉貝拉（Dolabella）決定挺身保護克麗奧佩托拉的時候，她提到對於安東尼最後的偉大和理想化的致敬，她將安東尼想像為征服一切與慷慨大度的半神，只能夠存在於想像中：

他的雙腿駕馭了海洋；他高舉的雙手
能夠摸到世界之顛。他的聲音有一種特質
就像所有美好的音律空間，對於他的朋友來說就是如此；
但是，如果他想要威嚇並且撼動這個星球，
他就會和雷霆一樣宏亮。至於他的慷慨，
其中沒有寒冬；他的大方就像秋天，
收穫愈多，反而成長更多。他的喜悅
宛如海豚；展露他的本性
彷彿鶴立雞群。國王和王子

都是他的臣僕。國土和島嶼就像
他可以隨意從口袋掉出的餐盤。
（5.2.81-91）

得知屋大維想要帶著她參加凱旋遊行時，她用一種明確的屈服方式——向屋大維下跪並交出一張紙條，她說，紙條上面記載了她所有的財產。但是，克麗奧佩托拉再度說謊。她的司庫賽琉克斯（Seleucus）透露，克麗奧佩托拉竭盡所能地隱瞞了自己願意承認的財產數量，於是她將過往所有的憤恨宣洩在他身上：「我會抓住你的眼睛／就算你的眼睛有翅膀。」克麗奧佩托拉明白，如果她和屋大維一起回到羅馬，屋大維必定會將她作為展示品，讓眾人嘲笑。

安東尼
會被帶到臺上，但那是一個醉醺醺的人，我也會看見
尖聲細語的小男孩想要扮演克麗奧佩托拉，而我的偉大
將會以妓女的姿態呈現。
（5.2.214-17）

克麗奧佩托拉準備親手了結自己的生命。若成為屋大維帶回羅馬的俘虜，屋大維將會讓她承受屈辱——這個想法驅使著她，讓她準備用一種無與倫比的尊嚴態度死亡：

> 我將成為火與風；其餘的，
> 我將留給更卑微的生命。
>
> （5.2.284-5）

但是，莎士比亞還要給我們更多的驚喜。克麗奧佩托拉安排了一位「鄉下的農夫」（rural fellow）帶來致命的毒蛇，毒蛇將會成為她自盡的工具，而農夫進場時宣稱他只是帶了無花果。在一段詭異的小丑幽默橋段中，農夫祝福她獲得「蛇的喜悅」（joy of the worm）*，但是，農夫一離開，克麗奧佩托拉的女僕就為她帶來了「長袍、皇冠，以及其他珠寶」，而克麗奧佩托拉讓毒蛇咬了自己的手臂，用一種超越生死之外，但依然充滿反諷光榮的方式死亡：

> 安靜，安靜

你看不見我的孩子正在我的胸口
吸吮著我的乳水入眠嗎？
查米安：哦，不可以！哦，絕對不可以！
克麗奧佩托拉：如香膏般香甜，如空氣般輕盈，且溫柔。
哦，安東尼！
△ **她將另外一條毒蛇放在自己的手臂**
不，我也會帶著你。
我為什麼要留在這個
△ **克麗奧佩托拉死亡**
查米安：留在這個邪惡的世界？那麼，再見了。
你現在可以吹噓了，死亡啊，因為你擁有了
一位無與倫比的少女。
（5.2.303-10）

＊譯注：worm 有時用於描述蛇，例如在北歐神話中的耶夢加德就是圍繞世界的巨蛇（巨蟲）

正如安東尼曾經期盼與克麗奧佩托拉一起獲得永恆的祝福，所以克麗奧佩托拉也將死亡視為兩人情感關係的高峰，而不是結束：

> 我認為我聽見了
> 安東尼的呼喚。我看見他喚醒自己
> 讚美我的崇高行為。我聽見他嘲笑
> 屋大維的機運，眾神讓屋大維獲得了如此機運
> 方能成為往後發怒的藉口。丈夫啊，我來了。
> （5.2.278-82）

因此，對於這對戀人來說，這個悲劇結束的方式就像喜劇，有著婚姻的希望，不過卻是在死亡之後。

第十一章

《科利奧蘭利斯》

Coriolanus

在世人相信這是莎士比亞的最後一部悲劇時（雖然可以假設，莎士比亞並非刻意讓這部作品成為最後一部悲劇），莎士比亞再度回到古羅馬和湯馬斯・諾斯翻譯的普魯塔克《希臘羅馬名人列傳》。莎士比亞又一次選擇撰寫關於一位英雄戰士的故事，而這位戰士的命運與他的民族命運相連與共。正如莎士比亞對於泰特斯・安特洛尼特斯與馬克白的書寫方式，然而，無論是主角的性格還是戲劇的結構和調性，莎士比亞還是得以避免了任何重複感。特別是在《安東尼與克麗奥佩托拉》中，莎士比亞描繪了在心理上非常複雜的獨特個體，其核心主角無法被視為日常生活中會出現的人物。

詩人艾略特在其詩〈科利奧蘭〉（Coriolan）的開頭幾行，隱約地強調了《科利奧蘭利斯》這部戲劇的詩意風格：

石，青銅，石，鋼鐵，石，橡樹之葉，馬蹄鐵
踏在道路上。
還有旗幟。還有號角。還有眾多的鷹。

《科利奧蘭利斯》的特色是複雜糾結、嚴苛、簡樸禁慾、在知識上非常嚴格，而且絕對不屬於抒情的，以上這些都和《安東尼與克麗奧佩托拉》形成極端的對比。然而，《科利奧蘭利斯》的對話依然有著幽默的點綴，有時候是發言者刻意為之，但經常也是間接和反諷的。《科利奧蘭利斯》的諷刺元素如此明確，所以非常喜歡矛盾悖論的蕭伯納反諷地說這部劇是「莎士比亞最偉大的喜劇」。

科利奧蘭利斯一開始是一位西元前五世紀的偉大羅馬戰士，在本劇早期場景中被稱為凱烏斯．馬流斯（Caius Martius；也做 Caius Marius）。科利奧蘭利斯是古羅馬時代公民的「第三個名字」（cognomen）——一種榮譽的附加名字，而他之所以能夠獲得這個名字，是因為在他年輕的歲月中（正如劇中生動的表現）他征服了位於羅馬南部的科利奧勒斯鎮（the town of Corioles；有些接近在阿拉曼戰役〔the Battle of El Alamein〕之後，陸軍元帥蒙格馬利〔Field Marshal Montgomery〕成為「阿拉曼的蒙哥馬利子爵」〔Viscount Montgomery of Alamein〕）。科利奧勒斯位於沃爾西（Volsican），而沃爾西的首都則是安提姆（Antium）。

《科利奧蘭利斯》是一部政治劇也是一部個人自傳劇，非常容易聯想至國家議題，特別是在後代的眾多時期，統治者以及人民之間的關係；這部劇也是一個深刻的心理研究，探索一個複雜的個體身陷艱困的人際關係之網，而這些關係反應了人類的基本境遇。一位英雄異常固著（fixation）於自己的母親，而莎士比亞對於這位英雄內在生命的著迷，顯然是受到普魯塔克對於這位英雄及其內在本質矛盾的開場描述所影響——普魯塔克的描述讀起來非常像是學校精神科醫師提出的報告：

凱烏斯．馬流斯，我們現在要開始撰寫他的人生。在父親離開之後，他成為了孤兒，由寡母扶養長大，而他的母親以親身經驗告訴我們，身為一位孤兒，確實會讓孩子承受許多的不利，但不會妨礙孩子成為一位正直的人，並且在德性上的造詣勝過平凡人；出生卑微的人確實會錯誤地埋怨其出身導致自己的失敗，因為在他們年少的時候，沒有人照顧他們，看著他們順利長大，確保他們獲得足夠的教育。馬流斯這個男人也是一個很好的證據，確認了一些人的意見，他們相信一種並未接受教育而出現的罕見卓越智慧，確實會同時創造眾多的善與惡，正如一片肥沃的土壤如果無人照料，也會同時長出藥草和雜草。因為馬流斯天生的智慧與善良的心靈確實能夠不可思議地鼓舞他的勇氣，讓他完成並且嘗試許多高貴的行為。但是，在另一方面，馬流斯也非常易怒，沒有耐心，不願屈服於任何生靈；這個特質使他的脾氣暴躁、無禮，完全不適合任何人類的對話交流。

莎士比亞描述的英雄（或者，我們應該說「反英雄」（anti-hero）？），主要與三個團體的角色有關連，分別是羅馬人、科利奧勒斯人，以及他的家人。羅馬人主要由其護民官西西琉斯·威魯特斯（Sicnius Velutus）與簡琉斯·布魯托斯（Jenius Brutus）代表，他們是民選的領袖，對於人民產生非常強大，但不完全是良善的影響；科利奧勒斯人——他們是沃爾西人，由圖魯斯·奧費狄斯（Tullus Aufidius）領導，他是科利奧蘭利斯的主要敵人，而科利奧蘭利斯與他之間發展了一種愛恨關係，很容易被詮釋為同性情愛；科利奧蘭利斯本人的家族代表人物不是他的妻子薇吉莉亞（Virgilia），而是他的母親沃倫妮亞。

就像《凱撒大帝》，《科利奧蘭利斯》的開場也是描繪公民的生動場景，描述處於反叛狀態的公民，他們將穀物短缺造成的飢荒怪罪於羅馬的貴族統治階級（莎士比亞似乎在這個層面上反應了其時代的時事議題）。平民認為凱烏斯・馬流斯（也就是未來的科利奧蘭利斯）是他們的「大敵」（chief enemy）以及「對於平民來說是一條惡犬」，他們的討論迅速地聚焦在科利奧蘭利斯身上，爭論他為國服務的深層動機；他的為國服務展現在軍事行動的成功，其中一個人認為科利奧蘭利斯的服務不是真正的愛國主義，而是混合了個人驕傲以及「取悅母親」的欲望，從而導入了本劇的核心心理問題。

然而即便如此，其中一位公民依然認為貴族梅尼烏斯（Menenius）——他是馬流斯及其家人的親密朋友「永遠都愛著人民」，而梅尼烏斯也試圖用風趣幽默來撫平公民，並且說服他們相信，貴族永遠都是依照人民的最佳利益行動。但是，馬流斯出現在舞臺上時，面對這些慷慨激昂、用長篇大論議論他的「異議無賴」，他完全沒有替自己辯護；實際上如果可以的話，他將會直接進行大規模屠殺。羅馬之敵沃爾西人武裝來犯的消息傳來時，馬流斯只是輕蔑地表示，當局已經指派五位護民官，由西西琉斯．威魯特斯與簡琉斯．布魯托斯率領，他們代表了人民的利益。沃爾西的將領是圖魯斯．奧費狄斯，而馬流斯說，這是一位「我非常有幸能夠與之戰鬥」的敵人。兩位戰士之間錯綜複雜的愛恨關係將主導本劇往後的劇情發展。

迄今為止，我們已經看見馬流斯最惡的一面。對於這部戲劇的原創結構特色而言，莎士比亞必須負責描述普魯塔克所說的「他的勇氣，讓他完成並且嘗試許多高貴的行為」。一般而言，正如《理查三世》、《凱撒大帝》和《馬克白》，戰鬥場景代表戲劇的高潮，但在《科利奧蘭利斯》中，莎士比亞必須以馬流斯作為外交官的失敗來襯托他作為一位戰士的偉大，而這個獨特之處經常能夠讓《科利奧蘭利斯》與後來的時代更有關聯，因為後代的偉大戰士通常無法卓越地從戰爭轉換至和平，所以在本劇早期劇情發生的戰鬥場景，莎士比亞展露馬流斯最好的一面——馬流斯確實表現了驚人的勇氣。於是馬流斯當時的將軍柯米尼琉斯（Cominius）將自己的馬匹送給馬流斯，並且讓他擁有一個榮譽的名字「科利奧蘭利斯」作為獎勵。

與此同時，莎士比亞也向我們展現了本劇的另一個核心團體，也就是科利奧蘭利斯的家族。如果用佛洛伊德的術語，主張科利奧蘭利斯對於母親沃倫妮亞有一種固著，並非言過其實。我們第一次看見沃倫妮亞是在科利奧蘭利斯妻子薇吉莉亞的陪同之下，科利奧蘭利斯夫婦的年輕孩子，也就是另外一位馬流斯的名字也出現了，無論在性格或姓名上，他都是一位馬流斯（我們聽見他將一隻蝴蝶撕為碎片）。在莎士比亞創造的家庭場景中，用一種諷刺的力道，深刻地探討羅馬時代的價值觀。沃倫妮亞在第一次發言中吹噓道，如果她的兒子「在有可能功名成就之處尋找危險」會讓她非常高興。薇吉莉亞問沃倫妮亞，如果馬流斯因此身亡，她會做何感受，沃倫妮亞的回答是「他偉大的功績將會成為我的兒子……倘若我有十二位兒子，我對十二位兒子都有相同的愛，他們的親愛程度不會輸給妳和我那位美好的馬流斯，而我寧願其中十一位為了國家而高貴捐軀，也不要其中有一人陷溺在舒適的飲食中而疏於行動」。馬流斯的妻子非常悲傷，想要離開，但沃倫妮亞堅持她必須留下，而沃倫妮亞在一段臺詞中想像兩位領袖的交會，這段臺詞還有用於解釋的手勢與動作指引的作用：

我想我聽見妳丈夫的鼓聲
我看見他抓著奧費狄斯的頭髮，將他拉下；
正如孩童逃離熊，沃爾西人躲避他。
我想我看見他如此跺腳，如此喊道：
「過來，你們這群懦夫，你們在恐懼之中成長
縱然你們是在羅馬出生。」他血色的眉宇
與他武裝的手如此揮動，他往前進，
正如一位受命割草的收割者

他只能贏得，或者失去一切。（1.3.31-9）

薇吉莉亞的畏懼是可以理解的：

他血色的眉宇？哦，朱比特神啊，千萬不要讓他染血！（1.3.40）

薇吉莉亞的回應讓沃倫妮亞再度發怒：

走開，妳這個傻子！血讓他更像一個男人

更勝於勝利紀念杯上的鍍金。（1.3.41-2）

在這個場景中，莎士比亞顯然想要描繪另外一個陌生社會的價值觀。莎士比亞似乎在問：有這種行為的人究竟是哪種類型的人？他們的生活遵守哪些價值，而他們的價值又迫使其面對何種困境？何種原因造成一位偉大的英雄如此鄙視他的同袍，導致他無法用一般常見的禮儀對待他們？為什麼一位偉大的戰士應該淪為和政治人物一樣的完全失敗？

莎士比亞處理這個問題的方式，是生動地描述馬流斯的行動。當馬流斯的士兵在大敵當前時撤退，他破口大罵；馬流斯威脅他們，如果他們無法振作，他將會親自對付他們，並要求他們在馬流斯努力奮戰至敵軍城市大門時，必須跟上馬流斯的腳步。但是，士兵拒絕了，敵軍大門關閉，馬流斯困於敵軍之中。羅馬軍隊看似一敗塗地，提圖斯．拉提烏斯（Titus Lartius）將軍所說的話實際上就是馬流斯的碑文，但馬流斯突破重圍，「流著血，遭受敵軍攻擊」，經過多次的小規模戰鬥之後，馬流斯身上染了更多血，而他擁抱自己的將軍柯米尼琉斯並獻上讚美——這段讚美對於《科利奧蘭利斯》心理探索的弦外之音來說非常重要，並且連結了戰爭與性愛：

哦，讓我擁抱你
用雙臂酣暢地擁抱你，正如我求歡時，而我的心
正如我們的新婚之日完成時，
而燭火向床第燒盡時一般喜悅！

（1.7.29-32）

馬流斯重新發起攻勢，希望可以直接與沃爾西領袖奧費狄斯交戰，並且在面對面時表達對奧費狄斯的憎恨。奧費狄斯能夠倖存，只是因為「某些沃爾西人」前來援助，而「馬流斯驍勇奮戰，直到那些沃爾西人氣喘吁吁」。這個結果讓奧費狄斯表達了一種極為強烈的敵意，甚至表示他願意沉淪至使用任何手段來征服馬流斯：

無論我在何處找到他，如果是
在我兄弟的家，即便如此，
就算違反了來者是客的習俗，我依然會
用他的心臟洗滌我的雙手。

（1.11.24-7）

這是觀眾最後一次看見奧費狄斯站在臺上，直到很久之後，科利奧蘭利斯背叛了他的祖國羅馬，前往奧費狄斯的城鎮尋找奧費狄斯，並提議協助這位他曾經誓不兩立的仇敵時才會再次看見奧費狄斯。馬流斯接受了士兵的致意，其中包括將科利奧蘭利斯這個名字送給他，但他的內心非常不情願，於是洗淨自己的臉龐藉機離開。

莎士比亞已經穩固地建立了科利奧蘭利斯作為一位戰士的偉大，科利奧蘭利斯現在要尋求晉升至更高的執政官地位。雖然他的母親和朋友費盡心思說服他的行為必須更為圓滑，但科利奧蘭利斯的行為過於刻意，且無法隱藏對於公民的鄙視。公民受到尋求私利且善於操縱人心的執政官們慫恿，從而反對科利奧蘭利斯；他被指控行為僭越，於是科利奧蘭利斯失去控制，詛咒他們：

最深層的地獄之火將會圍繞人民！

（3.3.71）

在科利奧蘭利斯和他如此鄙視的公民之間，羅馬內部的紛爭達到了高峰，於是公民毫不意外地決定將他放逐在這座城市之外，而科利奧蘭利斯的反應則是一種前所未有的激憤，他宣布自己將會放逐公民：

你們是一群哭吼的低賤雜種狗，我憎恨你們的呼吸

如同腐爛沼澤的氣味，我珍重你們的愛戴

如同未葬之人的死屍
腐朽了我的空氣：我放逐你們。
你們剩下的，只有不確定。
（3.3.124-8）

他用令人矚目的方式，昂首闊步地離開，而且帶著鄙視

對於你們這座城市，我將會轉過身。
別處自有一片天。
（3.3.137-9）

這是《科利奧蘭利斯》的第一個重要轉折點，莎士比亞以一種傑出的「心理的微妙之處」來處理這個轉折點。放棄羅馬，並且進入敵軍領土——安提姆，沃爾西的都城，科利奧蘭利斯「穿著簡陋的服裝，偽裝並且蒙住臉龐，思索著世間的萬變無常」。

哦，世界啊，你動盪不明的轉折變化！方才起誓的朋友

兩人的胸懷似乎能夠合為一顆心，
他們的時辰，他們的床第，他們的餐點和鍛鍊
依然相連與共，彷彿雙生子，彷彿在愛中
無法分離，卻在一個時辰之內
因為微不足道的歧異而分崩離析
成為最苦澀的敵人。而最可怕的仇敵，
情感和計謀使其無法入眠
他們想要對付彼此，卻因為某個機緣，
某個不值一提的詭計，成為親密的朋友
他們的目標緊密地相連。我亦是如此。
我的出生之地恨我，我的愛在
這座敵人之城。我將會進入這座城。如果他殺了我，
他也只是公平行事；倘若他讓我走入，
我將為他的國家效力。

（4.4.12-26）

文中無名的「他」，當然是科利奧蘭利斯的首要之敵奧費狄斯。他們相見時，科利奧蘭利斯提議要加入奧費狄斯的行列，讓科利奧蘭利斯可以向他的「腐敗祖國」羅馬復仇；倘若奧費狄斯沒有勇氣挑戰羅馬，科利奧蘭利斯將會向他獻上自己的咽喉，彌補自己對於沃爾西人造成的傷害。奧費狄斯的回應是一篇充滿心理敏銳的演說，展現了愛恨之間的距離竟可以如此接近，並完整地證明了，現代演員經常將兩位角色之間的關係演繹為同志情愛，其實是合理的：

讓我蜷曲
我的雙臂在那個身體上
我斑駁的梣木曾在那個身體上破碎百次，
碎片在月上刻下了傷痕。

△ **他擁抱科利奧蘭利斯**

我在此緊握
我劍的鐵砧，與你的愛競爭

如同你的愛一般炙熱與珍貴
如同我當時充滿野心的力量
為了對抗你的勇氣。你必須知道，
我深愛我迎娶的女士；沒有任何人
可以比我更為真誠。但是，我看見你在這裡，
高貴的你，讓我的心更為癡迷舞動
勝過於我第一次看見新婚妻子
走入我的心房

（4.5.107-9）

奧費狄斯透露了他在夜裡：

曾經夢見你和我之間的交會——
我們曾經一起出現在我的夢境，
脫下頭盔，以拳攻擊彼此的咽喉——
而我甦醒，宛如半死，空無一物。

（4.5.124-7）

他們帶著同志情誼（comradeship）一起離去。

謠言四起，此時和平的羅馬其安全受到了威脅，科利奧蘭利斯加入了奧費狄斯，他們朝著羅馬行軍，徹底摧毀一路上行經的所有土地。在另外一個諷刺羅馬公民的場景中，羅馬公民聲稱「雖然我們基於自身意志而同意驅逐馬流斯，但驅逐馬流斯違反了我們的意志」並主張「驅逐馬流斯時，我曾經說過這是不對的」。

在奧費狄斯與副官之間的一個場景，展現了這位沃爾西領袖縱然徹底推崇馬流斯的勇氣，也非常敏銳地留意當前局勢的政治情況。對於這位從死敵轉變為同志的人物，奧費狄斯發表了公允的評估，其公允程度甚至可以說是來自一位客觀的觀察者，也能夠作為馬流斯的第二個碑文——即使馬流斯尚未身亡：

我認為他會前往羅馬
正如鶚鷹飛向魚，鶚鷹只是

發揮自然的統治本色而抓住了魚。一開始，他曾經是
羅馬的高貴公僕，但他無法
平穩地保護其榮譽。無論是因為驕傲，
驕傲來自於日常的幸運，污染了
快樂的人；還是因為錯誤的判斷，
導致他無法妥善處理那些機運
而他本是機運的主人；又或者是因為本性，
只願堅守本色，不願意
從戰士的頭盔轉變至大位的座墊，而他指揮和平時代的方式
竟是同樣的嚴格與拘束
正如他掌控戰場；上述其中的某一個特質——
他確實有上述特質的跡象，但他並非完全如此，
對此，我願意為他辯護——使他受畏懼，
被如此憎恨，導致他遭到放逐。但是他有一個優點

能夠在言詞之中壓抑他的缺點。所以我們的美德
其實取決於時代的詮釋，
而權力，就其本身而言是值得讚美的，
但相較於死後的墓碑，權位的大座
方能證明權力所成就的一切。

（4.7.33-53）

奧費狄斯的結論透露了，縱然他表達了自己對於科利奧蘭利斯的仰慕，甚至是愛，他依然將科利奧蘭利斯視為敵人：

凱烏斯，當羅馬隕落，
你將成為其中最可憐者；不久之後，你將成為我的。

（4.7.56-7）

科利奧蘭利斯無法「掩飾其本質」並且向羅馬公民讓步——他的母親認為他應該如此，換言之，也就是科利奧蘭利斯想要保護自身價值觀的完整，使其矛盾地必須假裝憎恨自己愛的人。他先聆聽了梅尼烏斯的懇求；梅尼烏斯稱科利奧蘭

利斯為自己的愛人和兒子，但梅尼烏斯在沒有得到任何回報的情況下被送走：

奧費狄斯，這個男人
曾經是我在羅馬的愛；但你已經看見（我如何對待他）了。

（5.2.92-3）

隨後即是本劇情感最為充沛的場景（第五幕第三場），科利奧蘭利斯必須在這個場景中聆聽母親、妻子，以及兒子，還有妻子的朋友瓦萊莉亞（Valeria）——他們不只代表了自己，也是為了羅馬而請求科利奧蘭利斯（見圖九）。這是一個漫長的場景，科利奧蘭利斯極力否認自己的本質，想要繼續假裝他一直都可以放棄所有人以及自己對於國家的忠誠。看見自己的家人，也強迫科利奧蘭利斯必須面對更為真實的自我承認：

我軟化了，而我
並未比其他人更為堅強。

（5.3.28-9）

圖 9：「沃倫妮亞請求科利奧蘭利斯憐憫她、她的家人，以及羅馬」，柯欽（C. N. Cochin），版畫，1789 年。（圖片出處與使用授權：Reproduced by permission of The Shakespeare Birthplace Trust）

科利奧蘭利斯想要區分「個人忠誠」以及「國家忠誠」，希望他能夠在展現對於家族的情感同時，不需要放棄他對於羅馬的敵意，但他的母親雄辯滔滔地堅持科利奧蘭利斯必須妥協。如果他攻陷羅馬，就是攻陷她。

這個場景的漫長演說展現了莎士比亞在戲劇層面中對於文藝創作的精通。懇求者們終究在科利奧蘭利斯面前屈膝下跪時，這些漫長的演說也到了最高潮，而此處的表演指引甚至更為生動地展現了莎士比亞對於戲劇效果的掌握。科利奧蘭利斯在一個短暫的歸順時刻中「握住她的手，默默無語」，也是一個深刻的自我檢視和接受自我命運的時刻：

哦，母親，母親！
妳做了什麼？看啊，天堂已經敞開，
眾神俯視，而這個不符合自然的場面
讓他們嘲笑。哦我的母親，母親，哦！
妳已經為了羅馬贏得了一場幸福的勝利；

但是，對於妳的兒子，請相信我，哦請相信我，
妳已經用最危險的方式戰勝了他，
即使不是對於他來說，最致命的方式。但是我願意承受。

（5.3.183-90）

科利奧蘭利斯知道他已經讓自己走上了死路，不過他也明白，他必須做對的事情，於是他不再尋求一種宛如神祇的自然情感疏離，而是接受了自身人性的完整負擔：他必須承認自己與他人的關係，同時，他明白自身死亡的不可避免。《科利奧蘭利斯》的「但是，我願意承受」，呼應著《哈姆雷特》的「萬全的準備就是一切」以及《李爾王》的「成熟就是一切」。但是，《科利奧蘭利斯》最後的母子關係矛盾，也就是沃倫妮亞要求兒子完整地表達他對她的愛時，讓科利奧蘭利斯步入了死亡。愛與恨之間正是如此靠近。

《科利奧蘭利斯》關懷國家領導者性格之間的關係，以及國家的命運，使得這部劇作具備了眾多後代時期的相關性。在十七世紀，愛爾蘭詩人納宏・泰特將

其改編為《共和國的忘恩負義》（*The Ingratitude of a Commonwealth*），強調本劇與「我們這個時代紛亂黨派之爭的相似性」，暗指當時謠傳想要對付英國查爾斯二世（Charles II）的「天主教陰謀」（Popish Plot）*。到了更近代，則是出現了許多受到政治啟發的改編作品，但立場不一定與原著相同。例如：一九三二年的巴黎受到《科利奧蘭利斯》的啟發出現了右翼示威運動；一九三〇年代的德國，校園版本用一種讚賞欽羨的角度，將科利奧蘭利斯與希特勒平行對比。不久之後，在莫斯科上演的版本據說將科利奧蘭利斯描繪為「一位超人，使自身遠離了群眾並且背叛他們」。

一九六三年，柏林劇團（the Berliner Ensemble）上演了德國劇作家貝魯托特．布萊希特（Bertolt Brecht）未完成的改編作品，降低了馬流斯作為戰士和政

* 譯注：查爾斯二世就是被克倫威爾推翻的英王，後來克倫威爾建立了共和國（commonwealth），成為護國公，而「天主教陰謀」則是當時的一個陰謀，認為天主教想要暗殺查爾斯二世，導致多人因而遭到定罪處死，後來證明為造謠。

治家的高度。德國作家鈞特．葛拉斯（Günter Grass）作品的英文名稱為《平民排練起義》（*The Plebeians Rehearse the Uprising*，一九六六年），故事內容隱喻布萊希特正在排練他所撰寫的《科利奧蘭利斯》時，柏林因為執政黨強迫政府實施新的勞動管制措施而逐漸引發起義事件的消息傳到了戲院。或許是作為回應，約翰．奧斯本（John Osborne）在一九七三年時出版了一篇「重製版」，名稱是《自稱羅馬的城市》（*A City Calling Itself Rome*），內容則是斷然地採取了右翼立場。在倫敦，一部在國家劇院上演的作品由英國劇場導演彼得．荷爾（Peter Hall）執導，伊恩．麥克連飾演科利奧蘭利斯，內容則是與柴契爾夫人執政的英國有平行相似之處。荷爾曾經在一九五九年時，於雅芳河畔的史特拉福執導一部時事取向較低的作品，強調璀璨奪目的權力以及勞倫斯．奧利佛表現的機智詼諧。最後，唯一一部以《科利奧蘭利斯》改編的電影由雷夫．范恩斯（Ralph Fiennes）自導自演（二〇一一年），凡妮莎．瑞德格瑞夫（Vanessa Redgrave）飾演沃倫妮亞，用非常聰穎且令人振奮的方式，依照縮減的劇本改編了相關劇情，使故事內容與現代戰爭有關。

結語

為什麼人們會享受悲劇？

提供莎士比亞的悲劇導覽時，我必須假設讀者對於這種創作形式本身就有興趣。這句話聽起來可能有些奇怪，畢竟劇場表演通常會被視為一種娛樂形式，所以我們或許會想要知道，為什麼一個人會支付一筆相當的金額去觀賞關於不幸、殘忍、自盡、刺殺、謀殺，甚至是食人的表演？關於這個問題，我們可以提出許多回答，其中最簡單的回應，是假設劇場表演只有極端有限的功能——彷彿劇場存在的目的只有娛樂消遣。

但是，更為複雜的回應也是有可能的。其中一種回應認為，莎士比亞的悲劇，正如大多數的良好戲劇作品，講述充滿戲劇性且結構良好完整的故事，而這些故事透過劇情的動力，帶領我們經歷一連串相互連結的事件，最終得到一個結論——這個結論滿足了在劇情發展過程中醞釀產生的期盼。另外一種回應則是相信莎士比亞的悲劇藉由一種語言達成了以上提到的效果，這種語言能夠發揮其抒情特質、修辭的力道、複雜的多樣性、描述角色獨特性的能力、創造每部悲劇個別特質的隱約相互關係，以及警世格言的尖銳特質，讓有同情心的觀眾（或讀者）感到陶醉。另外一個相關的因素則是莎士比亞建構悲劇的方式，往往能夠對於劇中角色和行為方式提供反諷的喜劇觀點。用喜劇融合悲劇，這種手法讓新古典評論家深惡痛絕，卻能夠創造一種對於人性經驗多元複雜性的真實感受，但狹隘的關懷有礙於這種理解。

或許莎士比亞悲劇（與其他作品）的核心吸引力，在於讓我們有了一種「分享」和「面對」人類生命終極現實的感受；生命之中的喜悅和悲傷，愛與恨，以及仁慈與殘忍的衝突動力所形成的交織感受；死亡的不可避免性，人類為了減緩死亡帶來的恐懼而努力的悲悵感受；人類生命境遇內在悲悽的感受。於是，悲劇在此有了一種宗教儀式的特質，讓我們有一種參與感，無論是哪一個年代，在人類同胞的陪伴之中，在努力領略人類生命的嚴苛，以及在邁向死亡旅途中的努力緩和與慰藉之中，甚至還有那種可能，正如哈姆雷特所說，「死後」可能還有其他的事物等著我們。然而，這種可能性讓哈姆雷特的內心充滿了畏懼，而非希望，使他「寧願忍受我們現有的苦難／而不是飛向我們所不知道的苦難」。莎士比亞的喜劇通常會描述這種可能性，至少是期盼重逢與重生。但是在莎士比亞的悲劇中，正如我們所見，縱使馬克．安東尼可以看見一種（明確屬於異教的）來生，「靈魂棲息於花朵之地」，但莎士比亞似乎更常將死亡視為在最好的情況下只是一種永恆的歇息——一種遺忘或失去感受；或者，在最壞的情況下，正如《一報還一報》的克勞迪奧所說，死亡是「躺在冰冷閉塞空間」中的腐朽；或者，同樣不吸引人的說法，則是我們：

停駐在令人顫慄之地，厚重的格紋之冰；
被囚禁在無形的風之中
被無止盡的暴力吹拂，圍繞著懸浮的世界；
（3.1.122-6）

對於人類的難題，莎士比亞的悲劇並未提供輕鬆的答案，但藉由讓我們思忖永恆的問題、協助我們感受一種共同的人性，或許就能夠讓我們從悲劇中獲得激勵和慰藉。

影視作品選集

莎士比亞悲劇全集的影視作品收錄在 BBC 電視系列節目（一九七八年至一九八五年），皇家莎士比亞劇團、莎士比亞的環球劇團，以及其他表演大多都有發行 DVD 版本。在此列出這些劇作中一些較好的影視演出*。

《科利奧蘭利斯》：

- 雷夫・范恩斯執導，二〇一一年（臺譯《王者逆襲》）。

《哈姆雷特》：

- 勞倫斯・奧利佛執導，一九四八年。
- 格里戈里・科津采夫（Grigori Kozintsev）執導，一九六四年（俄羅斯語演出）。
- 法蘭高・齊費里尼執導，一九九〇年（臺譯《王子復仇記》）。
- 肯尼斯・布萊納執導，一九九六年。

《凱撒大帝》：

- 約瑟夫．孟威茲執導，一九五三年。

《李爾王》：

- 彼得．布洛克執導，一九七一年。
- 麥可．艾略特執導，一九八三年（電視播出）。
- 格里戈里．科津采夫執導，一九六九年（俄羅斯語演出）。
- 黑澤明執導，一九八五（作品名稱為《亂》，日語演出）。

《馬克白》：

- 歐森．威爾斯執導，一九四八年。
- 羅曼．波蘭斯基執導，一九七一年（臺譯《森林復活記》）。
- 賈斯丁．庫佐（Justin Kurzel）執導，二〇一五年。

＊譯注：在此提到的影視作品以電影為主，並且額外說明臺灣上映時使用的片名。

《奧賽羅》：

- 歐森．威爾斯執導，一九五二年。
- 斯圖亞特．伯吉（Stuart Burge）執導，一九六五年。
- 奧利佛．帕克執導，一九九五年。

《羅密歐與茱麗葉》：

- 法蘭高．齊費里尼執導，一九六八年（臺譯《殉情記》）。
- 巴茲．魯曼執導，一九九六年。

《泰特斯．安特洛尼特斯》：

- 朱麗．泰摩執導，一九九九年（原片名為*Titus*，臺譯《戰士終結者》）。

參考書目&延伸閱讀

本書引述的所有莎士比亞文本皆是來自於 Stanley Wells and Gary Taylor, (eds), *Works* (Oxford: Oxford University Press, 2005, 2nd edn)。

第二章：《泰特斯．安特洛尼特斯》

- James Agate, *Brief Chronicles* (London: Jonathan Cape, 1943), 188
- Frank Kermode, *Shakespeare's Language* (London: Penguin Books, 2000), 8
- J. C. Trewin, *Shakespeare on the English Stage 1900–1964* (London: Barrie and Rockliff, 1964), 235–6

第三章：《羅密歐與茱麗葉》

- Ellen Terry, *The Story of My Life* (London: Hutchinson, 1908), 208
- Edwin Wilson (ed.), *Shaw on Shakespeare* (London, 1962), 246
- Evans：引用自 James Agate, *The Selective Ego*, ed. Tim Beaumont (London: Harrap, 1976), 36（評論來自 W. A. Darlington）

第五章：《哈姆雷特》

- 伏爾泰的譯文取自 H. H. Furness's New Variorum edition of *Hamlet* (Philadelphia, 1877, 2 vols), vol. 2, p. 381

- ‘the wiser sort’: Gabriel Harvey，引用自 *The Shakspere Allusion Book* (Oxford: Oxford University Press, 1932, 2 vols), vol. 2, p. 56
- Gilbert: Stanley Wells (ed.), N*ineteenth-Century Shakespeare Burlesques* (London: Diploma Press, 1977, 5 vols), vol. 4, p. 249
- Hall：引用自 Stanley Wells, *Royal Shakespeare* (Manchester: Manchester University Press, n. d. (1977), 27

第六章：《奧賽羅》

- Rymer: Brian Vickers (ed.), *Shakespeare: The Critical Heritage* (London: Routledge and Kegan Hall, 1974, 2 vols), vol. 2, pp. 25–59
- Brander Matthews (ed.), *The Dramatic Essays of Charles Lamb* (London: Chatto and Windus, 1891), 188
- Samuel Taylor Coleridge, *Shakespearean Criticism,* ed. T. M. Raysor (London: Chatto and Windus, 1960, 2nd edn, 2 vols), vol. 1, p. 42
- ‘defile the stage’：引用自 Bernth Lindfors, Ira Aldridge: *The Early Years: 1807–1833* (Rochester, NY: University of Rochester Press, 2011), 257

第八章：《李爾王》

- William Hazlitt, from *Characters of Shakespeare's Plays* (1817), in Jonathan Bate (ed.), *The Romantics on Shakespeare* (London: Penguin, 1992), 394
- Johnson: Arthur Sherbo (ed.), *Johnson on Shakespeare* (New York: Yale University Press, 1968, 2 vols), vol. 2, p. 704

第十章：《安東尼與克麗奧佩托拉》

- Plutarch: T. J. B. Spencer (ed.), *Shakespeare's Plutarch* (London: Penguin, 1964), 201

延伸閱讀

一、不同版本的簡介書籍

牛津大學世界經典與其他系列的注解本，對於莎士比亞的每部著作提供了非常有啟發性的學術和評論導讀。企鵝出版社的莎士比亞系列則是平易近人的劇場表演導讀和研究。

二、其他參考書目

- Margreta de Grazia and Stanley Wells (eds), *The New Cambridge Companion to Shakespeare* (Cambridge: Cambridge University Press, 2010)
- Andrew Dickson, *The Globe Guide to Shakespeare* (London: Profile Books, 2016)
- Claire McEachern (ed.), *The Cambridge Companion to Shakespearean Tragedy* (Cambridge: Cambridge University Press, 2005)
- Michael Dobson and Stanley Wells et al. (eds), *The Oxford Companion to Shakespeare* (Oxford: Oxford University Press, 2001; 2nd edition, revised, 2015)

三、關於莎士比亞的語言研究

- Frank Kermode, *Shakespeare's Language* (London: Allen Lane, 2000)
- Russ McDonald, *Shakespeare and the Arts of Language* (Oxford: Oxford University Press, 2001)

四、關於莎士比亞生平的書籍推薦

- S. Schoenbaun, *A Compact Documentary Life* (Oxford: Oxford University Press, 1977)
- Park Honan, *Shakespeare: A Life* (Oxford: Oxford University Press, 1998)
- Lois Potter, *The Life of William Shakespeare* (London: John Wiley, 2012)

- Bill Bryson (London: Atlas Books, 2007) 的 *Shakespeare* 是一本非常受到歡迎的莎士比亞生平小冊。

五、關於莎士比亞生平與後世影響的書籍推薦

- Stanley Wells, *Shakespeare: For All Time* (London: Macmillan, 2002)
- Russell Jackson, *Shakespeare and the English-Speaking Cinema* (Oxford: Oxford University Press, 2014)

六、關於莎士比亞的創作來源研究

- Robert S. Miola, *Shakespeare's Reading* (Oxford: Oxford University Press, 2000)
- Kenneth Muir, *The Sources of Shakespeare's Plays* (London: Methuen, 1977)
- T. J. B. Spencer (ed.), *Shakespeare's Plutarch* (Harmondsworth: Penguin, 1964)

七、關於莎士比亞的評論研究

- A. C. Bradley, *Shakespearean Tragedy: Lectures on Hamlet, King Lear, Othello, Macbeth* (Oxford: Oxford University Press, 1904) 此書經常改版再刷。
- Adrian Poole, *Tragedy: A Very Short Introduction* (Oxford: Oxford University Press, 2005)
- Jonathan Bate (ed.), *The Romantics on Shakespeare* (London: Puffin, 1992)

- Edwin Wilson (ed.), *Shaw on Shakespeare* (1961)

八、關於莎士比亞劇場演出的研究

- 在曼徹斯特大學出版社推出的選輯 *Shakespear in Performance* 中，許多作品都對於理解莎士比亞的悲劇很有幫助。
- Stanley Wells (ed.), *Shakespeare and the Theatre: An Anthology of Criticism* (Oxford: Oxford University Press, 1997)

國家圖書館出版品預行編目(CIP)資料

莎士比亞悲劇：生存或毀滅，感受人類共同的難題／
史丹利．威爾斯（Stanley Wells）著；林曉欽譯. -- 初
版. -- 新北市：日出出版：大雁出版基地發行, 2024.05
256面；15×21公分
譯自：Shakespeare's tragedies: a very short introduction.
ISBN 978-626-7460-29-0（平裝）

1.CST: 莎士比亞(Shakespeare, William, 1564-1616)
2.CST: 悲劇　3.CST: 戲劇文學　4.CST: 文學評論

873.433　113005655

莎士比亞悲劇：生存或毀滅，感受人類共同的難題

Shakespeare's Tragedies: A Very Short Introduction

作　　者　史丹利．威爾斯（Stanley Wells）
譯　　者　林曉欽
特約編輯　周書宇
責任編輯　夏于翔
封面設計　萬勝安
內頁排版　李秀菊
發 行 人　蘇拾平
總 編 輯　蘇拾平
副總編輯　王辰元
資深主編　夏于翔
主　　編　李明瑾
業務發行　王綬晨、邱紹溢、劉文雅
行銷企劃　廖倚萱
出　　版　日出出版
　　　　　地址：231030新北市新店區北新路三段207-3號5樓
　　　　　電話（02）8913-1005　傳真：（02）8913-1056
發　　行　大雁出版基地
　　　　　地址：231030新北市新店區北新路三段207-3號5樓
　　　　　電話（02）8913-1005　傳真：（02）8913-1056
　　　　　讀者服務信箱 andbooks@andbooks.com.tw
　　　　　劃撥帳號：19983379　戶名：大雁文化事業股份有限公司
初版一刷　2024年5月
定　　價　460元

ISBN 978-626-7460-29-0